책을 쓰는 아이들

책을 쓰는 아이들

펴낸날 2021년 3월 25일

지은이 한경화, 이가인, 박의채, 이수아, 김영성, 이나경, 박순영, 이아현, 남궁윤
펴낸이 주계수 | **편집책임** 이슬기 | **꾸민이** 이화선

펴낸곳 밥북 | **출판등록** 제 2014-000085 호
주소 서울시 마포구 양화로 59 화승리버스텔 303호
전화 02-6925-0370 | **팩스** 02-6925-0380
홈페이지 www.bobbook.co.kr | **이메일** bobbook@hanmail.net

ISBN 979-11-5858-764-2 (03810)

책쓰기로 키우는 작가의 꿈 시리즈 ⑤

책을 쓰는 아이들

천안동성중학교 책쓰기 동아리 삼다(三多)

이가인, 박의채, 이수아, 김영성, 이나경,
박순영, 이아현, 남궁윤 & 지도교사 한경화

책을 펴내며

이 책은 천안동성중학교 인문 책쓰기 동아리 삼다(三多-독서多토론多글쓰기多) 친구들이 1년 동안 동아리 활동을 통해 틈틈이 쓴 창작 글과 지도교사인 저의 글을 모아 만든 『책쓰기로 키우는 작가의 꿈』 다섯 번째 시리즈입니다.

저는 매년 책쓰기동아리 학생들을 지도하며 아이들과 함께 『책쓰기로 키우는 작가의 꿈』 시리즈를 출간하고 있습니다. 그런데 2020년은 코로나 팬데믹으로 전 세계가 혼란에 빠졌고, 학교는 학생들이 등교를 못 하는 상황으로 치닫는 극단의 시간들을 보내야만 했습니다. 그동안 매년 진행해왔던 교육활동들이 멈추었고, 교육부의 발표에 귀를 기울이며 어떻게 해야 할지 몰라 우왕좌왕하는 참으로 힘들고 어수선했던 한 해였기에 동아리 활동도 쉽지 않았습니다.

평소대로라면 삼다三多 친구들은 매주 월요일 아침 동아리 활동 시간에 모여 책을 읽고, 토론도 하고, 글을 쓰며 작가의 꿈을 키웠을 텐데 2020년은 학교에 나오지 못하는 날들이 더 많았기에 온라인으로 책쓰기 회의를 하였고, 어쩌다 등교하는 날엔 1시간의 동아리 활동 시간을 알차게 진행하려고 촉각을 곤두세웠습니다. 그러나 학생들에게 집에서 혼자 글을 쓰게 하다 보니 힘이 빠질 때도 많았고, 글을 쓰는 것도, 지도를 하는 것도 어려웠습니다.

그러나 삼다三多 친구들은 글감과 주제를 정하는 일부터 선생님과 상의하고, 친구들에게 자신의 글을 소개하며 글쓰기에 대한 열정을 잃지 않았습니다. 중간중간 '과연 글을 완성할 수 있을까' 하는 조바심이 생기기도 했지만, 지칠 때마다 서로 응원해주고 마음을 다잡아가며 글을 썼습니다. 특히 동아리 리더로서 자신의 글을 쓰면서도 책임감 있게 동아리를 이끈 가인이 노력 덕분에 책을 출판할 수 있어 고마운 마음을 전합니다.

훗날 우리 학생 작가들이 어른이 되었을 때, 지금의 책쓰기 동아리 활동이 작가의 꿈을 이루는 주춧돌이 되었음을 추억하는 날이 오기를 바라며 이번에도 책쓰기에 도전해 알찬 결실을 맺은 삼다三多 친구들에게 큰 박수를 보냅니다. 아울러 선생님은 언제나 사랑스런 글쟁이들의 꿈을 응원한다는 말을 전합니다.

지도교사 한경화

저는 학생 작가입니다

중학생활 3년 동안 책쓰기 동아리에서 활동하면서 제 이름이 포함된 총 3권의 책을 출간하였습니다. 이번이 책 출간 마지막이기도 하고, 이번에 제가 쓴 글이 2020년을 혼란에 빠뜨린 코로나19 팬데믹을 배경으로 한 창작 소설인 데다 등장인물 설정과 이야기에 공을 많이 들였기 때문에 더 기억에 남을 것 같습니다.

이번에 쓴 '살고 싶다면 찾아내라'는 등장인물들의 성격과 이름, 그들의 생활 배경 등을 정할 때 이제까지 써왔던 글보다 인터넷을 살펴보면서 많은 시간을 들인 것 같습니다. E박사와 M박사의 배경을 정하는 것은 그리 오래 걸리진 않았지만 마싱과 드안드레 타이론을 만들어갈 때 많은 시간이 걸리기도 했습니다.

마싱은 현대인과는 다른 삶을 살고 있는 부족원이기 때문에 인터넷에 나와 있는 여러 부족원들의 영상을 찾아보면서 만들어갔고, 드안드레 타이론은 이름을 작명하는 데 오래 걸렸습니다. 직업은 농구선수이면서 초반엔 미성숙한 모습을 보이다가 갈수록 성숙해지는 인물인데 그에 걸맞은 이름을 작명하기가 어려웠습니다. 외국 사람들의 이름을 잘 몰라 인터넷으로 외국 남성의 이름을 찾아보니 백인이 많이 쓰는 이름과 흑인이 많이 쓰는 이름이 갈렸습니다. 그래서 흑인 농구선수들이 자주 사용하는 이름들을 찾다가 만들어진 게 드안드레 타이론입니다.

제 글의 후반부로 갈수록 Ms 제니스의 과거사가 밝혀집니다. 원래는 계획에 없던 이야기였지만 청소년 시기의 문제점을 넣어주면 이야기가 더 풍성해질 것 같아 제니스의 과거사를 만들어봤습니다. 또, 코로나19가 결과적으로 마무리된 것이 아니기 때문에 현실적인 해결방법을 사용하는 것은 무리라고 여겨서 판타지스러운 타임워치를 이용해서 바이러스를 이겨내도록 내용을 구성했습니다.

바이러스를 이겨낼 수 있었던 가장 결정적인 방법은 이 글이 전해주고자 하는 교훈처럼 팀원들 간의 협력이었습니다. 태스크포스 팀원들이 서로 돕지 않았다면 아마 바이러스를 이겨내지 못했을 것입니다. 이 부분에는 현재 전 세계가 공포에 떨고 있는 코로나로부터 우리 모두가 한마음 한뜻으로 협력하여 이겨내기를 바라는 저의 소망을 담았습니다.

책쓰기 동아리 활동을 하면서 힘든 점도 있었지만 제 이름으로 된 책을 출판한다는 점이 가장 뿌듯하면서 신기한 경험 같습니다. 삼다三多 책쓰기 동아리를 이끌어주시고 앞으로도 후배들을 이끌어주실 한경화 선생님께 감사드리고, 그동안 책쓰기 동아리와 함께해준 선후배와 모든 친구들에게 고마움을 표현합니다. 끝으로 지금까지 제 글을 끝까지 읽어주신 독자들께 감사드립니다.

책쓰기동아리 리더 이가인

차례

책을 쓰는 아이들

한경화

'책쓰기로 키우는 작가의 꿈' ⑤ 의 시작

한 선생은 카카오톡 단톡방을 펼쳐놓고 무슨 말을 어떻게 시작하는 게 좋을지 망설였다.

'올해는 못한다고 할까?'

'교육부와 정부의 구체적인 발표가 있을 때까지 조금 기다려 보자고 할까?'

"휴~~"

고민에 빠진 한 선생의 한숨 소리에 천장에 매달린 조명등이 살짝 흔들렸다. 여느 해 같았으면 꽃샘추위가 극성을 부릴 3월에 이미 책쓰기동아리 아이들과 올해 출판할 책에 대한 기획 회의를 마치고, 각자 쓰고 싶은 글에 대한 출간 계획서를 작성해 제출하도록 했을 텐데… 올해는 난데없이 등장한 '코로나'라는 몹쓸 놈의 바이러스가 확산되며 평상시 순조롭게 진행되던 일상이 무방비상태로 무너져버렸다. 아무것도 예전처럼 할 수 있는 게 없어져 버렸다.

> 신종 코로나바이러스 감염증 중앙방역대책본부는 오늘 정부서울청사에서 브리핑을 열고 국내 확진 환자 발생 및 관리 상황 등에 대해 발표했습니다.
>
> "질병관리본부 중앙방역대책본부는 신종 코로나바이러스 감염증 조치 계획 후속 조치로 '밀접 접촉자'와 '일상 접촉자'를 구분하던 종래의 접촉자 구분을 폐지하고 일괄 '접촉자'로 구분한 뒤 모두 자가 격리 조치를 하도록 하겠습니다."

중국 우한시로부터 유입된 것으로 추정되는 신종 코로나바이러스에 감염되는 사람들이 늘어나며 정부는 실시간 신종 코로나 관련 뉴스를 방송하며 국민들에게 손 씻기와 기침 예절 준수, 마스크 착용 등 일상생활에서의 감염병 예방수칙을 지켜줄 것을 강력하게 당부했다.

학교는 뉴스, 인터넷, 신문등 각종 언론 매체와 교육부와 교육청 등에서 전달되는 공문과 문자에 촉각을 곤두세우고 손발이 묶인 채 수시로 교육과정 변경과 학교 폐쇄라는 선택을 한 상태였다.

교사들은 아이들이 없는 학교를 지키며 매일 교무실에 모여 생전 처음 해보는 온라인 수업 준비에 여념이 없었다. 갑자기 플랫폼을 선택해 EBS 강사처럼 강좌를 개설하고 수업을 녹화해 아이들에게 온라인 수업을 진행하라는 정부의 발표에 선생님들은 멘붕이 되었고, 학부모와 아이들에게 실시간으로 전화와 SNS를 통해 조회와 종례, 온라인 수업 참석을 안내하고, 수시로 변경되는 학사 일정 안내 문자를 보내면서 학교는 큰 혼란에 빠졌다.

한 선생은 연수와 회의, 플랫폼 구축, 수업을 위한 각종 프로그램 익히기를 진행하느라 매일매일 영혼이 털리고 파김치가 되는 기분이었다. 45분짜리 수업 하나를 녹화하기 위해 교재연구와 수업 기획을 하고, 활동지를 만드는 시간을 제외하고도 아이들을 사로잡을 매력적인 수업을 촬영하기 위해 녹화와 편집에만 거의 8~10시간을 들여야만 했다. 방송으로 치면 교사들은 혼자서 작가, PD, 연출가, 엔지니어, 편집자 등의 일을 혼자 다 해내야만 했기 때문이다.

이러한 상황 탓에 한 선생은 지금 하고 있는 일만으로도 지친 가운데 어떤 새로운 일을 시작한다는 게 도저히 엄두가 나지 않았다. 그런데 매년 책쓰기동아리 아이들과 **'책쓰기로 키우는 작가의 꿈 시리즈'**를 펴내기로 한 약속만큼은 저버릴 수가 없었다. 그렇다고 앞으로 상황이 어떻게 전개될지 모르는 상태에서 자신의 열정만으로 동아리 활동을 시작할 수도 없었다. 고민 끝에 아이들에게 물어봐서 정하자고 결정했다.

"얘들아, 올해는 동아리 활동이 쉽지 않겠다. 어떻게 할까? 학교에서 동아리 활동은 못 하지만 그래도 우리끼리 글을 써 볼까?"

못한다는 말을 차마 꺼내지 못하고 '우리끼리라도 써 볼까?' 라니…

스스로 자책하며 머리를 긁적이고 있는데 맨 먼저 3학년 가인이가 답을 올렸다.

"선생님~ 우리끼리 글 써요. 이렇게 톡으로 연락하면서요…."

"저도 가인이 말에 찬성이에요. 빨리 글 쓰고 싶어요, 선생님~~"

2학년 영성이가 이어서 답을 올렸다. 계속해서 아현이, 경란이, 나경이, 순영이, 수아, 윤이도 의욕을 보이며 책쓰기에 대한 열정을 드러냈다.

"너희들 집에서 각자 잘 쓸 수 있겠어? 쓰다가 완성못하겠다고 포기하지 않을 자신 있어?"

"네. 네. 선생님~~~"

한 선생은 솔직히 이번에는 아이들이 학교에도 잘 못 나가니 하지 말자는 말을 해주기를 기다렸다. 그런데 아이들 말이라면 자다가도 벌떡 일어나는 한 선생은 아이들의 글쓰기에 대한 의욕과 적극적인 요청에 잠깐의 망설임도 없이 그럼 각자 쓰고 싶은 내용을 생각해 보고 출간계획서를 작성해 주말까지 보내라고 말해버리고 말았다. 그렇게 '책쓰기로 키우는 작가의 꿈' 다섯 번째 시리즈의 집필이 시작되었다. 때는 제주도에서 개나리가 개화를 시작하는 3월 중순이었다.

한 선생의 글쓰기 지도

한 선생은 아이들에게 책을 읽어주거나 이야기를 들려주는 것을 매우 좋아했다. 출근 준비를 하며 들었던 뉴스와 신문기사, 10년 동안 김밥 장사를 하며 모은 돈을 어려운 학생들의 장학금으로 써달라며 기탁한 김밥 할머니의 감동적인 기부 이야기, 박스 줍는 할아버지의 손수레를 밀어주고 음료수를 건넨 천사 같은 학생들의 선행 이야기, 해리포터의 작가 조앤 롤링이 세상에서 하루에 가장 많은 돈을 버는 부자 작가라는 이야기며, 평소 책에서 읽은 재미있는 이야기들이 한 선생의 입을 통해 나오는 순간, 아이들의 마음을 사로잡는 세상에서 가장 감동적이고 재미있는 이야기가 되었다.

오랜 옛날 새를 몹시 좋아해 온 궁전을 황금 새장으로 가득 채운 어느 욕심 많은 공주가 있었어. 공주의 비위를 맞추기 위해 백성들은 생업도 팽개치고 새를 잡아 바쳐야 했지. 그러던 어느 날 한 노인이 깃털도 오색찬란하고 울음소리도 은방울 같은 아름다운 새를 바치며 "이 새를 받아주시고 다른 새들은 모두 풀어주십시오"라며 공주에게 간청을 했어. 노인이 바친 새에 한눈에 반한 공주는 그 간청을 받아들여 다른 새들을 모두 풀어주고 그 새만 애지중지했어. 그런데 시간이 지날수록 새는 깃털의 색이 점점 바래고 울음소리도 점차 거슬리는 소리를 내기 시작했어. 공주는 목욕을 시키면 좀 낫지 않을까 하는 생각에 새를 씻겼는데 씻기고 보니 깃털에 아름다운 색칠을 하고 방울을 숨겨둔 까마귀였어.

공주는 자신이 보기 흉한 까마귀에 속아 그 아끼던 새들을 모두 풀어줬다고 생각한 것에 대해 분통이 터졌지. 그래서 공주는 노인을 잡아서 사형을 시키라는 명을 내린 후 화병으로 세상을 떠나고 말았어. 공주가 묻힌 무덤 주변에서 빈 황금 새장을 닮은 꽃인 개나리가 피어났다는 이야기가 바로 개나리에 얽힌 전설이야.

한 선생은 아이들이 개나리에 얽힌 전설과 같은 상상력이 풍부하고 흡입력이 있는 글을 쓰기를 바랐다. 그래서 물론 아이들이 각자 자신의 관심과 흥미가 있는 것에서 글감을 찾는 일이 먼저라고 생각했기에 도서관에 있는 다양한 성장 소설 읽히기를 먼저 제안했다. 많이 읽으면 그만큼 좋은 문장을 쓸 수 있다는 당부도 잊지 않았다.

출간계획서 제출을 시작으로 아이들은 각자 창의적인 글감과 주제를 선정해 글을 쓰기 시작했다. 학교에 등교하는 날은 도서관에 모여 1시간씩 각자의 글감과 주제를 소개하고 자신이 쓰고 있는 글에 대한 이야기를 나누었다.

한 선생은 한 명 한 명 아이들의 글의 방향을 잡아주거나 이야깃거리를 던져주기도 하고, 흥미로운 요소나 인물 선정, 사건과 갈등의 진행 등에 대해 조언해주었다. 아이들과 한 선생은 이미 익숙하게 몸의 일부가 되어버린 마스크를 쓴 채였지만 글을 쓰는 일에 푹 빠져있었다.

초록의 청포도가 달콤한 단맛을 물씬 머금은 여름이 되자 아이들의 글쓰기에 대한 열정이 사그라들기 시작했다. 학교에 나오는 날들보다 나오지 못하는 날이 많아졌고, 온라인 수업에 학생들이 지쳐갈 즈음 책쓰기동아리 아이들의 글쓰기에도 위기가 찾아온 것이다.

"선생님~ 저 못 쓰겠어요. 진도가 나가지를 않아요."

"선생님~ 아무리 생각해도 이 얘기는 너무 진부하고 재미없는 것 같아요."

"선생님~ 이렇게 쓰는 게 맞는 걸까요?"

아이들이 쏟아내는 지친 투정의 말들에 한 선생에게도 순간 짜증이 올라왔다. 잠시 심호흡을 했다. 아이들을 가르치다 보면 언제나 인내가 필요했다. 한 선생은 교사는 습관처럼 참을성을 장착해야 한다고 생각했다. 그래야 아이들을 잘 지도하고 교육할 수 있다고 믿었다.

"그럼 자신의 글에 등장하는 인물들의 캐릭터를 그리고 인물에 대한 소개 글을 한 번 써보자. 그럼 글을 쓰는 게 훨씬 수월해질 거야."

한 선생은 등장인물이 소개된 책과 사례를 소개해 주었다.

아이들은 캐릭터 그리는 앱을 핸드폰에 설치하고 캐릭터 그리기를 뚝딱 해냈다. 등장인물 소개 글도 다른 책에서 읽은 것을 모방해 그럴듯하게 써냈다.

아이들의 글쓰기에 다시 불이 붙기 시작했다.

"야호!"

한 선생의 전략은 성공했다!

동아리 리더인 가인이는 현실을 반영하는 소설을 썼다. 코로나바이러스의 위기로부터 탈출할 수 있는 연구 이야기를 기성작가와 유사한 기법으로 이야기를 전개해나갔다. 가인이와 이야기 구상 이야기를 나눌 때도 기발한 아이디어와 상상력이 놀라웠지만 챕터별 글이 완성되어갈 때마다 한 선생은 연신 감탄사를 날리며 가인이의 글을 응원했다.

글쓰기에 소질이 있는 의채는 '시간'을 소재로 한 판타지 이야기를 창작했다. 시간, 염화, 대지, 미카엘이라는 등장인물도 참신했고, '사람이 아닌 존재. 사람이 아닌 이외'라고 소개된 '인외의 존재'는 의채를 상상력의 끝판왕이라는 생각이 들게 했다. 소설에 쓰인 용어들도 흥미로운 게 많았고, 글을 읽는 내내 어떻게 이런 소재로 글을 쓸 생각을 했을까? 라는 놀라움과 재미있는 이야기에 푹 빠졌다.

동아리에 들어와 처음 글을 쓰게 된 수아는 자신의 버킷리스트에 들어있는 '스페인 유학'을 소재로 한 논픽션과 픽션을 결합한 소설을 써냈다. 초등학생 때까지 독서와 글쓰기에서 멀리 있던 수아는 중학생이 되고부터 국어 시간마다 하는 10분 독서를 하면서 독서에 흥미가 생겨 다독가가 되더니 자신의 이야기를 소설로 쓰고 싶어졌다고 책쓰기동아리에 들어와 첫 번째 글을 정말 멋지게 써냈다.

글을 아주 잘 쓰는 영성이는 자신의 경험을 바탕으로 한 소설 쓰기를 좋아한다. 작년에 이어 올해도 친구들이나 사람들과의 갈등을 소재로 한 글을 썼다. 한 선생은 '원수를 사랑하라'를 읽으며 열다섯 살 소녀가 자신을 힘들게 하는 사람을 미워하기보다 사랑하며 품는 것으로 결말을 지은 영성이의 따뜻한 감성에 사람 사이의 관계에 대한 희망을 보았고 마음이 따뜻해졌다.

나경이는 고등학생 때 독서에 푹 빠져 수업 시간에 책상 밑에 숨겨놓고 몰래몰래 책을 읽다가 불어 선생님께 책을 압수당해 결국 용돈을 모아 책을 빌려준 친구에게 책값을 물어준 아련한 기억을 갖게 하는 로맨스 판타지 소설을 썼다. 글을 읽으며 아무래도 나경이는 이다음에 웹소설 작가가 될 거라는 확신이 들 만큼 나경이의 글은 시공을 넘나드는 매력적인 타임슬립 소설이다.

한 선생은 평소 거의 말이 없던 순영이가 책쓰기동아리에 들어왔을 때 과연 글을 완성할 수 있을까 하는 의문을 잠시 가졌었다. 그러나 순영이는 한 선생이 이끄는 대로, 조언해주는 대로 자신이 쓰고 싶은 글을 무리 없이 써냈다. '꿈속의 그대에게'는 순영이의 첫 도전 단편 소설로 완성 그 자체만으로 순영이에게 성취감과 자신감을 안겨줬을 것이다. 이번 책쓰기를 계기로 고등학교에 진학해서도 순영이가 계속 글쓰기에 도전하기를 한 선생은 바랐다.

윤이와 아현이의 이야기는 소제목을 붙이기에는 짧은 글이어서 소제목을 붙이지 않았다. 한 선생은 윤이의 '톱스타의 비밀'과 아현이의 '행복한 삶을 위해'를 읽으며 평이한 이야기지만 이야기에 녹아난 아현이와 윤이의 고민과 끈기, 글쓰기에 대한 노력이 진하게 밴 걸 느낄 수 있었다. 아현이와 윤이는 등장인물 캐릭터 그리기와 소개 글 쓰기를 안 하기로 결정해 한 선생은 조금 아쉬웠지만 그 뜻을 들어주기로 했다.

아이들의 글을 합본하기 전 오·탈자와 맞춤법, 띄어쓰기를 바로잡고, 비문도 바로잡았다. 다시 쓰기는 아이들끼리 짝을 지어주고 하도록 했다. 어설프게나마 아이들이 1차 수정 작업을 마치자 한 선생은 아이들의 글을 모아 합본을 한 뒤 최종 편집을 시작했다. 출판사로 넘기기 위한 책 편집을 하는 것은 힘든 일이기도 하지만 책쓰기동아리 지도교사답게 한 선생이 가장 잘하는 일이다.

2020년은 코로나바이러스로 인해 도둑맞은 듯한 시간들로 채워진 어수선하고 힘들었던 해였지만, 한 선생과 8명의 책 쓰는 아이들은 '책쓰기로 키우는 작가의 꿈' 다섯 번째 시리즈를 완성했다.

자~ 그럼 이제 첫 번째 글 '살고 싶다면 찾아내라'부터 감상하는 즐거움을 느껴보시라.

살고 싶다면 찾아내라

이가인

	[E박사] 에볼라 치료제 개발자인 그는 캐나다 위니펙에 있는 미생물 연구소에서 근무 중이다. 온화하고 정의로운 성격으로 위험에 빠진 세계를 구하려 한다.
	[M박사(차승하)] 어릴 적 할머니와 살았고 지금은 독립 중이다. 자신의 자만으로 산처럼 쌓인 빚을 갚기 위해 서울 미세먼지 연구소에서 근무 중이다. 사채업자의 협박이 점점 그녀를 압박해 온다.
	[드안드레 타이론] 미국 농구선수 연습생이다. 생각을 깊게 하지 않는 성격이며 어릴 적 가족을 잃고 생계를 유지하기 힘들었던 그는 동네 불량배들과 어울리게 된다.
	[마싱] 하르마족 부족원의 일원으로 족장인 아빠의 뒤를 이어가기 위해 부와 명예를 얻으려 한다. 말을 많이 안하는 것처럼 보이지만 할 말은 다 하는 성격이다.
	[Ms, 제니스] 가족이 없는 외로움에 여러 사기와 마약으로 프랑스 파리 신테교도소에 수감 중이다. 그녀는 자신의 망가진 인생을 바로잡으려 한다.
UN	[UN] 국가 대표들끼리 모여 의논을 해 봤지만 해결방안이 나오지 않자 국민들에게 떠넘겨버렸다.

'띵-. 띵.'

계속해서 울리는 재난정보 문자와 몇 달째 같은 주제의 뉴스 보도 내용이 우리 삶의 모든 것이 되었다.

1. 이유 모를 죽음

서울에 위치한 미세먼지 연구소에서 M박사가 근무하고 있다. 이 사건이 터지기 전까지 대한민국에서 가장 큰 문제였던 미세먼지를 담당해 연구해 왔다. 미세먼지의 요인이 무엇인지, 오늘은 얼마나 심각한지 등등을 말이다.

오늘도 M박사는 어김없이 삼각 플라스크를 쳐다보며 틀에 박힌 연구법으로 연구를 하고 있다. 연구실에서는 삼각 플라스크와 비커가 부딪치는 소리만 들릴 뿐 사람들의 음성은 찾을 수 없었다. 그야말로 지루하기 짝이 없는 공간이다. 하지만 이런 공간에서 연구를 계속할 이유는 타당했다.

M박사의 본명은 차승하다. 차승하는 자신만의 방법으로 연구를

한다며 빚을 눈덩이처럼 불려갔다. 모든 게 자신을 너무 믿었기 때문이다. 처음엔 단지 약간의 돈을 빌리고 바로 갚을 계획이었지만, 계속되는 연구 실패로 빚은 눈덩이처럼 쌓여만 갔다. 그녀는 자신의 연구가 성공할 것이라는 자만이란 구렁이에 빠져 '빚'이라는 산을 만들어 버리고 말았다. 도저히 이 눈덩이 같은 빚을 청산 할 방도가 없었고 빚을 갚기는커녕 이자는 이자대로 불어나고 있었다. 그래서 자신의 연구를 뒤로 한 채 현재 미세먼지 연구소에 들어와 오로지 빚을 갚기 위해 지루함 속에서 연구를 진행하고 있다.

지루함에 찌들어있는 M박사가 하품을 하며 혼잣말을 했다.

"연구를 해 봤자 뭘 할까? 사람들은 미세먼지의 심각성을 알면서도 마스크를 착용하지도 않는데… 단지 불편하다는 이유로 말이지."

이것은 이 분위기를 깨고 싶은 그녀의 작은 아우성과 같았다.

이후로 사람들의 말소리는 또다시 들을 수 없었다.

퇴근 후 오피스텔로 향했다. 겉으로 봐선 멀쩡해 보이지만 내부는 그렇지 못했다. 오피스텔 건물 문을 여는 순간 뭔가 꼬리꼬리한 불쾌한 냄새가 M박사의 몸을 감쌌다. 그녀는 미간을 찌푸리며 검지로 코를 막았다. 계단을 올라가기 전 우편을 확인하니 스트레스 지수가 올라가고 한숨이 절로 나왔다.

"하…."

우편을 확인하지 말 걸 그랬다. 쌓여있는 우편물을 봤어도 그냥 모르는 척 지나갔어야 했다. 우편함은 이 건물이 오래되었다는 것을 보여주듯 집 호수가 쓰여 있는 네임 스티커가 지저분하게 반쯤 찢어져 있었다. 어떤 것은 붙여져 있지도 않았다.

왼손으로는 쌓여있는 우편물을 들고 다른 손으론 매고 있는 가방끈을 부여잡았다. M박사는 불쾌한 냄새와 함께 계단을 올라 집에 들어섰다. 집안의 공허함을 없애기 위해 텔레비전을 틀고 가스레인지 앞으로 향했다. 가스레인지 위 수납장에서 라면 두 봉지를 꺼냈고 냄비에 물을 올렸다. 자신이 가장 좋아하는 통통면 라면이다. 물이 끓는 동안 쌓여있는 우편물들을 확인했다. 확인 하나 마나 똑같겠지만… 밀린 집값과 전기세, 관리비 입금내용이다. 그새 요금이 올랐다. 관리비 우편물을 뒤로 하얀 종이가 보였다.

“조금만 더 기다리지… 독촉장을 보내다니… 젠장!”

분명 그 사람이 보낸 것이다. A4용지로 된 종이를 학교에서 성적표를 나눠주는 것처럼 네 번 접어져 있었다. 이런 고전적인 방법으로 M박사를 협박하는 건 그놈밖에 없다. M박사는 입 밖으로 욕을 내뱉고 싶었지만 참았다.

협박문

돈 갚아라. 난 지금 네가 어디 있는지 알고 어디서 일하는지도 알고 있다. 물론 네 할미가 어디 있는지도…. 갚지 않으면 이번엔 네가 아니라 하나뿐인 네 가족인 할미를 찾아갈 거다. 기다려주는 데도 한계가 있다. 마지막 경고다.

–퇴룡–

혹여나 잘못 본 것일까? 종이를 접었다 폈다를 반복했지만 내용은 그대로였다. 경기도에 혼자 살고 계신 할머니가 걱정이 됐지만, M박사가 할 수 있는 일은 없었다. 자존심을 버리고 그놈에게 비는 수밖에. 할머니는 부모마저 포기한 자신을 키워준 분인데 이런 식으로 보답을 하게 되는 게 너무 싫고 죄송스러웠다.

–텔레비젼 뉴스–

“속보입니다. 이 시각 경북 청도에서 첫 사망자가 나왔습니다. 알 수 없는 바이러스로 인해 우리나라뿐만 아니라 외국에서도 많은 피해가 일어나고 있는데요….”

M박사는 무심하게 틀어둔 텔레비전 소리에 귀 귀울였다.

“김제훈 기자 이게 어떻게 된 일입니까?”

"네. 안녕하십니까. 보건 당국에 나와 있는 김제훈입니다. 중국에서 단체 사망 소식이 들려온 지 일주일이 지난 지금 우리나라에서도 첫 사망자가 발생했습니다. 이에 아직까지 보건 당국은 사망의 원인을 찾지 못하고 있습니다. 사망자뿐만 아니라 같은 병에 걸리는 사람들이 늘어나고 있는데요, 병의 증세는 극심한 두통, 발열, 기침, 호흡곤란, 복통, 설사 등 심한 경우 폐렴 증세까지 보인다고 합니다."

뉴스를 듣는 도중 M박사는 물이 끓고 있는 주방으로 돌아갔다. 그리고 뉴스에서 벌어진 일이 자신과는 무관하다는 듯 태연하게 텔레비전을 등지고 라면을 끓였다.

* * *

아침 해가 밝게 떴지만 상쾌하지 못한 아침이다. 어제저녁 늦게 먹은 라면 탓인지 몸이 찌뿌둥했다. 덕분에 M박사는 찬물로 세수를 했다. 어제 점심으로 먹다 남은 샌드위치와 커피를 들고 출근길을 나섰다. 버스 정류장으로 가던 중 큰 길가에 사람들이 모여있는 것이 눈에 들어왔다.

"뭐지?"

호기심에 그 무리를 향해 다가갔다. 유치원 원복을 입고 있는 아이들이 보였고 그 아이들의 보호자로 추정되는 사람들이 흉측한 흉물이라도 본 듯 자신들의 아이들을 자기 뒤쪽으로 숨기고 있었다. 아무래도 버스 정류장 근처에 있는 아파트 단지에서 유치원 등하교 버스를 기다리다가 발생한 것 같다.

머리에 분홍 리본 핀을 달고 있는 여자아이의 할머니로 보이는 사람이 배를 움켜잡고 쓰러져 신음소리를 내며 구토를 하고 땀을 흘리고 있었다. 구토물에는 불그스름한 피가 섞여져 나왔다. 아이는 울고 있었고 주변에 모여있는 사람들은 아무도 아이와 할머니를 도우려 하지 않았다.

오히려 어른들이 수군거렸다.

"저 할머니 혹시 이번에 그거 아니야?"

"아… 그 어제 뉴스에 나왔던 거. 어머 어머 그러면 진짜 어떡하면 좋아?"

"그럼 저 애기랑 애기 엄마도 걸린 거잖아. 둘이 떨어져 있어야겠네. 에휴! 애기랑 애기 엄마는 무슨 죄야…?"

아줌마들의 수근거리는 소리를 듣자 M박사도 도울 엄두가 나지 않았다.

저 멀리서 구급차 소리가 들렸다. 버섯 모양의 머리를 한 남자아이의 엄마가 신고를 한 모양이다. M박사는 구급차 소리를 들으며 양손을 겨드랑이 사이에 끼고 버스 정류장으로 향했다. 그런데 얼마 못 가 비명소리가 들렸다. 아파서 미칠 것 같은 그런 비명소리였다. 할머니는 구급대원이 자신에게 손을 대자 온몸을 소스라치며 소리를 질

러댔다. 아이의 울음소리도 멈추지 않고 계속 들려왔다.

저 폭풍 같은 상황에 휘말리고 싶지 않아서 빨리 자리를 피했다.

* * *

일하는 중에도 계속 알림이 울렸다.

'띵–'

추가확진 9명 발생 (총 25명) 역학 조사 중. 이동경로는 시 홈페이지 및 SNS 게시 예정입니다.

'띵–'

대구에서 추가확진 5명 발생 역학 조사 중. 이동경로는 홈페이지 및 SNS게시 예정입니다.

'띵–'

서울특별시 강서구에서 추가확진 1명 발생….

문자를 여러 긴급재난문자 중 '서울'이라는 단어가 보이자 M박사는 속으로 아니길 바라며 중얼거렸다.

"그 아주머니인가?"

그 여자아의 울음소리가 아직도 박사의 귓속을 맴돌았다. 아이는 세상을 다 잃은 듯이 서럽게 울었다. 마치 이런 상황이 올 것을 예상이라도 한 듯이.

…(45세/여) 아파트 단지 유치원 버스 정류장에서 극심한 복통을 요구해 병원으로 이송.

"아까 그 보모… 으윽"

자신과는 아무 문제 없는 일이라 생각했는데 이렇게 자신의 가까이에서 일어나니 소름이 돋아 헛구역질이 밀려오는 느낌이 들었다.

"그 아이와 엄마도… 걸렸겠지?"

왠지 그 아이가 또다시 누군가와 떨어져야 한다는 것이 마음에 걸렸다. 아이가 엄마와 떨어지지 않으려 그 서러운 표정을 하고 울고불고 난리를 칠 것이며,떨어지고 싶지 않지만 한 아이의 엄마로서 아이를 보내야 하는 표정을 하고 있을 것 같은 엄마와 아이의 모습이 M박사 머릿속에서 최악의 상황을 만들어 내고 있었다.

* * *

퇴근을 해도 그 생각이 머릿속을 떠나려 하지 않는다. M박사는 집에 들어서자마자 뉴스를 틀었다. 이번엔 뉴스를 등지고 있지 않았다. 뉴스 채널이란 채널은 모두 같은 이야기를 하고 있었다. 확진자가 오전에 비해 그새 늘어났고 평소에는 미세먼지 외엔 잘 오지도 않던 안전재난 문자가 벌써 10통이나 쌓여있다. 모두 확진자 이야기겠지만 혹여 누구에게 안부 문자라도 올까, 문자가 올 때마다 계속 확인했다. M박사는 잠시나마 기대를 품고 있었지만 모두 같은 내용의 문자였다. 이런 혼잡한 상황 속 그녀에게 걱정을 표할 자는 할머니 외엔 없었다. 만일 그녀의 할머니가 M박사에게 안부의 문자라도 남긴다면 박사는 죄책감에 미쳐버릴 것이다.

뉴스에선 속눈썹을 바짝 올려세운 아나운서와 유명한 의사 선생과 대화 중이다.

"계속 확진자 수가 늘어나고 있는 것만큼 사망자 수도 늘어나고 있는데요. 이것은 어떻게 감염이 되는 것입니까?"

"네. 이것은 바이러스 형태입니다. 바이러스도 여러 가지 경로로 감염이 될 수 있습니다. 따라서 빠른 시일 내에 감염경로를 알아내려 합니다."

"아, 그럼 아직까지 찾지 못했다는 이야기군요. 그럼 이것을 뭐라 부르면 될까요?"

"이것의 정확한 명칭은 '코로나바이러스'입니다."

사람들을 죽음의 문턱까지 데려가고 세계를 혼란 속에 빠뜨리는 이것의 정체는 바로 '코로나바이러스'다!

2. 국가의 무능함

곧 있으면 바이러스가 시작된 지 1년을 넘긴다. 시간과 생명을 맞바꾸기라도 한 듯 시간이 지날수록 사람들은 죽어 나갔다. 정부에선 1년 전 바이러스 감염경로를 알아낸다는 것 외에는 다른 이야기가 없었다.

밖은 허전했고 M박사의 집은 여전히 공허한 느낌으로 가득했다. 하루에 50명이 넘게 확진이 되고 절반 넘게 사망하니 출근 또한 못하게 되었다. 식당을 찾는 사람들도 없자 식당들도 줄줄이 문을 닫았다. 국가에서는 이러한 국민들에게 긴급재난지원금을 나눠 주었지만, 이것도 이제 거의 다 써간다. 그나마 남아있던 비상금도 다 놈에게 줘버리는 바람에 박사는 허리띠를 졸라맬 수밖에 없다. 비상금을 다 줘도 아직까지 다 갚지 못했다. 이번에도 조금만 기다려달라 빌었다.

M박사는 아침을 간단하게 해결하기 위해 시리얼을 먹기로 했다. 작은 볼 그릇을 꺼내고 시리얼을 담았다. 아몬드 시리얼이었다. 냉장고 문을 열었지만 우유가 없었다. 우유를 사러 가야 한다.

'그냥 먹을까?'

순간 그냥 먹을까 생각했지만 오랜만에 밖에 나가고 싶어졌다.

긴소매 긴 바지는 물론 마스크와 고글을 끼고 라텍스 장갑까지 꼈다. 나갈 준비는 끝났다. 편의점에서는 그녀와 점원 외에는 아무도 없었다.

손을 살균 비누로 깨끗이 씻고 우유 통 표면을 알코올 소독제를 뿌린 뒤 닦아내고 시리얼에 우유를 따랐다. 아침을 먹기까지 오래 걸렸다. 그릇을 들고 소파와 그 앞에 있는 책상 사이를 비집고 들어가 아침 예능을 즐겼다.

* * *

바이러스가 인간의 삶 속으로 파고든지 1년하고도 다섯 달이 지났다. 오늘도 어김없이 같은 하루다. 뉴스에선 재난지원금을 더 주냐 마냐에 대한 이야기와 확진자와 사망자가 더 나왔다는 이야기뿐이다. 매일 같은 얘기가 지겨웠던 M박사는 이리저리 채널을 돌렸다. 그때 그녀의 지겨움을 끝낸 것은 '신종 바이러스'에 관한 내용이다.

현재 코로나바이러스가 더욱 무섭게 변형되어 살점이 뜯겨 나가는 듯한 고통을 주는 신종 바이러스가 나타나고 있다. 이것은 영국 어린 아이들에게서 처음으로 발견되었고 퍼지는 속도도 빨라 많은 이들이 감염되었다. 신종바이러스까지 발견이 되었지만 국가에선 아무런 대책이 없었다.

"도대체 어떻게 살라는 거야?"

박사는 무서워졌다. 뉴스 화면에서 갑자기 대통령이 연설하려는 모습으로 바뀌었다. 박사는 어리둥절했다. 모든 국민들에게 알리기 위해 국가 측에서 화면을 모두 같게 바꾼 것이다. 5분이 지나자 대통령이 연설을 시작했다.

"국민 여러분 진심으로 사죄드립니다. 우리 국가 측에서 바이러스의 치료제에 대해 많은 연구를 해 보았으나 승산이 없었습니다…."

M박사는 그럴 것 같았다는 표정을 지었다.

'이제까지 아무런 말도 없었으니… 약물은 다른 나라가 연구하면 되잖아. 우리나라에선 없는 의료기술을 갖고 있는 나라도 있겠지.'

이때까진 몰랐다. 전 세계 어느 나라에도 치료제가 없다는 것을.

"우리나라 포함 지금 전 세계가 모두 혼란에 빠져있습니다. 따라서 다른 나라에서도 치료제를 연구하는 데는 한계가 있다고 전해졌습니다."

그녀의 표정은 좀 전과는 확연히 달라졌다. 어이가 없다는 듯 표정은 굳었다.

'이게 무슨 말도 안 되는…?'

"UN에서 논의한 회의 결과를 보여드리도록 하겠습니다."

화면이 UN 회의 현장 모습으로 또 바뀌었다. 외국 대통령들과 많은 의원들로 바글바글했다.

그녀는 회의 결과를 보고 놀라지 않을 수가 없었다. 놀랐다기보다는 어이가 없었다. 한 국가를 대표하고 국민을 대표하는 사람들이 저럴 수 있는지 이해를 할 수가 없다.

〈회의 결과〉

1. 치료제 연구에 원하는 사람들 안에서 일반 시민들도 투입시킨다.
2. 치료제 연구에 투입된 사람들은 총 5명의 팀으로 활동하게 된다.
3. 연구에 필요한 모든 것을 즉시 지원해줄 것이고 이것을 악용한다면 교도소로 이송될 것이다.
4. 치료제를 개발할 경우 그들의 5대까지 책임지고 국가에서 적극 지원해 줄 것이다.

국가에서 해결할 수 없으니 국민들에게 떠넘겼다. 국가가 국민을 버렸다.

"야욕에 빠진 허수아비들!"

M박사는 참가하는 사람들이 야욕으로 가득 차 아무런 대책도 세우지 못한 채 비바람 불면 쓰러질 것 같은 허수아비 같다 생각했다. 저기 텔레비전에 나오는 이들은 가뭄이 들어선 농장에 흐지부지한 허수아비들만 세워두고선 '허수아비를 세워두었지만 그것이 농장을 지키지 못해 안타깝다. 우리들은 지키려 노력했다'라고 말하는 이들과 같다. 아마 그들은 그 허수아비를 탓하고 그것을 불길 속으로 내던져 버릴 것이다.

3. 태스크 포스 결성

휴대전화로 메시지가 날아왔다. 굳이 폰을 확인할 이유는 없었지만 울리는 알람 소리가 왠지 모르게 박사의 등골을 오싹하게 만들었다. MMS로 된 문자는 사진이었고 그녀를 소스라치게 만들었다.

"꺄악! 할머니! 왜 이놈들이 여기 있어!"

사진 속에는 할머니가 M박사가 돈을 빌린 놈들과 함께 있었다. 할머니의 집 상태는 그야말로 엉망진창이었다. 몇 시간 전 놈들이 박사의 할머니 댁으로 찾아갔다. 놈들은 발로 대문을 차며 마당으로 들어섰다.

"워메 당신은 누구요?"

"난 사채업자지. 할머니, 댁 손녀께서 빌린 돈을 안 갚고 있어요."

"뭐라고 씨부리는겨. 내 손녀는 누구한테 빚지고 살 애가 아니랑께."

"아이씨, 이 할망구가 말이 안 통하네. 난 두 번 말 안 해. 할망구의 손녀니까 할망구가 돈을 갚든지 돈이 없으면 돈이 될 만한 거라도 내놓던지…."

"읍써. 내 손녀한테 줄 것도 부족헌디 내가 왜 니놈들에게 줘. 어서 나가랑께!" 할머니가 빗자루를 쥐고 대문을 가리켰다.

"하하, 이런 식으로 나오겠다 이거지. 애들아, 뒤져라."

그놈이 말하자 대문 뒤에서 쇠파이프를 든 건장한 성인 남성 3명이 나타났다. 한 명은 머리를 노랗게 탈색을 했고 나머지 둘은 팔과 목에 문신이 새겨져 있었다. 그들은 할머니의 집을 마구 뒤지기 시작했다.

할머니도 가난하게 살고있는 터라 딱히 가져갈 물건은 없었다. 그들이 나갈 때 노랑머리를 한 사람이 기념사진이라도 찍듯 사진을 찍었다.

박사는 그놈에게 전화를 걸었다. 목소리는 한껏 떨렸고 눈동자는 불안을 그리고 있었다.

"저랑 약속했잖아요! 할머니는 건들지 않겠다고. 돈 드리고 있잖아요."

"야, 네가 돈을 빨리 갚아야지. 그리고 난 약속한 적 없어. 니가 건들지 말라고 애원을 한 거지. 그러니 빨리 다 갚아 나도 더 이상 기다려주지 않아!"

"알았어요. 알겠다구요! 우선 할머니는요. 어떻게 했어요? 나한테 한 분밖에 없는 할머니…" 떨리는 눈동자에서 눈물이 떨어졌다.

"여보세요? 왜 대답을 안 해요! 할머니는요?"

뚝– 전화가 끊겼다. MMS 된 문자가 하나 더 도착했다. 그것도 사진이었고 그 사진 속 할머니의 모습이 보였다. 이어 또 하나의 문자가 도착했다.

니 할머니 그대로 살아 있어. 내가 니 할미를 살려둔 건 니가 빨리 돈을 어떻게든 갚게 할 열쇠이기 때문에 살려둔 거야. 그러니까 빨리 갚지 않으면 니 할미는 죽.는.다.
시간은 일주일 준다. 그 기간 안에 다 갖고 와.

이것이 마지막 문자였다.

"아니, 당장 그 큰돈을 어떻게 구해~애!" M박사가 울분에 터져 소리쳤다.

잠시 뇌리에 무언가 스쳤다. 박사는 들고 있던 휴대전화를 소파로 던지고선 방으로 달려가 컴퓨터 전원을 켠 뒤 태스크포스 결성 사이트에 접속을 했다. 태스크포스는 한 목표를 달성하기 위해 각 부분의 인재들을 모집해 그 일을 진행하는 그룹이다. UN에서 결정된 회의 결과에 따르면 태스크포스 인원을 구하고 있다.

세계를 구할 태스크포스 인원을 구합니다.
지구가 지금 위기에 빠져있습니다. 여러분들의 도움이 필요합니다.
저희는 당신이 이 위기 속에서 치료제를 구해주신다면 당신의 현재 상황뿐만 아니라 다섯 대까지 보장한다고 약속드릴 수 있습니다.

M박사는 순간 머뭇거렸지만 선택의 여지가 없었다. 야욕에 빠진 허수아비가 되기로 했다.

* * *

시곗바늘이 2시를 가리키는 늦은 새벽 M박사의 휴대전화로 택배가 도착했다는 알람이 떴다. 현관문을 열어보니 작은 상자가 놓여 있었다.

"뭐지? 택배 안 시켰는데."

상자 겉 표면에는 테이프 외엔 아무것도 부착돼 있지 않았다. 일단 상자를 들고 집으로 들어왔다. 현관에서 상자에 소독 스프레이를 뿌린 뒤 닦아내고 방으로 가지고 들어갔다.

상자에는 스마트워치가 들어있었을 뿐 그 외에 사용 방법도 어디에서 보내왔는지도 알 수가 없었다. M박사는 이리저리 만져보기 시작했다. 툭 튀어나온 부분을 누르자 휘잉~ 하는 소리와 함께 전원이 켜졌다.

"안녕하십니까? 태스크포스 23,459만 번째 조에 성립되신 것을 축하드립니다. 전 당신이 세계에 영웅이 될 수 있게 도와줄 인공지능 시스템 '헤리'라고 합니다."

"뭐야? 그리고 무슨 영웅?" M박사는 놀라 스마트워치를 떨어트렸다.

떨어뜨린 시계에서 빔프로젝터처럼 빔이 나오는 나오고 있었다. 빔이라고 하기엔 화면이 공중으로 띄어져 있었고 미래체험을 하는 마냥 타임머신을 타고 미래로 간다면 이런 느낌일 것 같다는 얼굴로 바닥에 있는 스마트워치를 다시 주웠다.

“이 워치는 UN과 연구원들에 의해 개발되었습니다. 23,459개의 조에 속해있는 사람들 모두에게 전달되었고 모든 이들은 각자 자신의 팀원들과 대화를 할 수 있습니다. 그 외 악의적으로 사용하신다면 태스크포스에서 강제 탈퇴를 하셔야 합니다.”

“UN?” 박사는 그제야 깨달았다는 듯 말했다.

“이제야 알아차리셨군요. 제 소개를 했으니 이제 당신 소개를 해주세요.”

M박사의 동공이 아직도 커져 있었다.

“음… 안녕?”

“안녕하세요.”

‘오~ 신기하다.’ 마치 스마트폰을 처음 접하는 노인처럼 M박사는 신통한 모습을 취하고 있었다.

“제가 신기하신가요?”

“어, 신기해 그리고 궁금해. 아무리 인공지능이지만 나랑 이렇게 대화할 일이 생긴다는 건 상상도 못 해봤거든.”

“저도 당신에 대해 궁금해요. 이제 제 구경은 다 했으니 당신의 소개를 먼저 해주시고 신기해하시는 것은 어떨까요? 저도 당신에 대해 알고 싶은 걸요.”

자기소개를 해준다고 했는데 이렇게 신기해하고만 있으니 삐쭘했고 반면엔 헤리가 인공지능이라서 다행이라는 생각도 들었다. 사람이었으면 뻘쭘한 정도가 아니라 변태스러웠을 것 같았다. 자기소개를 하려니 괜스레 긴장이 됐다.

"안녕 헤리. 나는 차승하라고 해. 사람들은 M박사라고 불러."

"당신의 이름이 있는데 사람들은 당신을 왜 M박사라고 부르죠?"

"…그러게, 언제부터 그렇게 불리게 됐을까?"

미세먼지는 영어로 'MICRODUST'라고 한다. 이 단어의 첫 알파벳을 따서 그녀를 M박사라고 칭하게 되었다. 누가 먼저 부르기 시작한지는 모른다. 어느 순간부터 그녀는 M박사가 되었다.

"지금은 혼자사시나요?" 헤리는 M박사가 뜸을 들이자 다른 질문을 했다.

"예전엔 할머니랑 같이 살았는데 보시다시피 지금은 혼자 살고 있어."

"할머니는 돌아가셨나요?" 헤리의 질문은 거침없었다.

"아니. 할머니는 멀쩡히 살아계셔. 그냥 내가 고집부려서 마음대로 서울에 올라온 거야." M박사는 잠시 생각에 잠겼다.

"왜요. 어떤 고집이요?"

"나는 연구가 하고 싶었어. 이런 답답하고 지루한 거 말고 나만의 연구가 하고 싶었어. 새로운 거 말이야."

"서울로 올라오면 모든 게 해결될 줄 알고 올라온 거군요."

"그런 셈이지."

“그런 다음엔 어떻게 되었나요?” 헤리의 인공지능 목소리에서 호기심 많은 어린아이를 연상하게 했다.

“그리곤 빚이 생겼지.”

“빚이요?”

“그래 빚. 과거에 내가 나를 너무 믿었던 거지.”

헤리와 M박사의 대화는 밤새 계속되었다.

“승하님, 일어나세요.”

승하? 누군가 M박사의 이름을 불렀다. 누군가에 의해 박사의 이름이 불린 것은 참 오랜만이다. M박사가 손으로 눈을 비볐다. 머리는 부스스했고 눈에는 눈곱이 잔뜩 껴있었다.

언제나 조용했던 공간에 자신의 이름을 불러주는 누군가가 있으니 언제나 외줄타기를 하던 마음이 안정되었다. 포근한 이불 덕분인지 아님, 새벽 동안 즐거워서인지 그 느낌에서 빠져나오고 싶지 않아 이불 속에서 나오려 하지 않았다.

M박사의 어제 새벽은 꿈처럼 행복했다. 누군가와 깊이 대화를 하고 자신을 공감해주었다. 마치 친구라도 사귄 듯 즐거웠다. 아무 생각 없이 대화를 할 수 있는 것이 그렇게나 마음이 편안해질 수는 없었다. 그게 아무리 박사의 정보를 업로드하려는 인공지능이라 할지라도.

“일어나세요. 승하님. 얼른 치료제를 구하든 만들든 해야죠!”

치료제라는 소리에 박사의 눈이 떠졌다. 오늘이 태스크포스 결성 1일 차이다.

어제 헤리에게 태스크포스에 대한 마지막 서약을 했다. 박사의 사인을 받은 헤리는 기다렸다는 듯 배터리가 다 되어 전원이 나가버리고 말았다. 그렇게 새벽 5시가 되어 잠이 들었다.

"일어나셨나요? 지금 12시입니다. 어제 했던 이야기 잊으셨나요?"
헤리는 M박사를 재촉했다.

그에 비하면 뭐부터 해야 할지 갈피를 못 잡은 박사는 여유로웠다. 부스스하던 머리를 손으로 대충 정리를 하고 커피를 마시러 주방으로 향했다. 여느 때와 다름없는 싸구려 믹스커피였지만 커피에서 오는 향기가 더욱 부드러웠다.

"승하님. 돈이 필요하다고 하지 않으셨나요? 여기서 이렇게 커피나 마시고 있을 때가 아닙니다."

박사는 잠시 잊고 있었다. 어제 잠시나마 좋았던 순간에 멈춰져 향수에 젖어 있었다. 매우 어리석었다. 지금 이 순간에도 자신으로 인해 고통받고 있는 이가 있는데 이리 즐거워했던 자신이 한심했다. M박사는 마시던 커피를 식탁에 내려두었고 표정이 굳었다. 헤리 덕분에 현실로 빠져나올 수 있었다.

"헤리, 내가 지금 뭘 해야 한다고?"

“승하님은 지금 태스크포스 23,459만 번째 조의 조원들을 만나봐야 해요. 그래야지 세상을 구할 수 있죠. 세상을 구해야지만 빚을 갚을 수 있고요.”

“23,459만번째 팀이라면 내가 소속되어있는 팀을 말하는 거야?”

“네. 승하님은 저를 이용하셔서 팀원들을 만나보셔야 해요. 그러려고 제가 여기에 온 거니까요.”

“어떻게? 지금 여기엔 너와 나 둘뿐이잖아. 밖은 나갈 상황이 안되고.”

“잠시만요.”

“징~! 징~!” 손목에 차고 있던 헤리가 진동을 울렸다.

“드디어 왔네요. 제 화면을 아래서 위쪽을 향해 드래그해주세요.”

“이렇게?” 방법을 알려달라고 했더니 드래그를 하라니 박사는 어리둥절했다.

“드래그했어. 그다음엔? 아무것도 없는데. 혹시 헤리, 너도 모르는 거 아냐?”

아무런 반응이 없자 M박사가 의심의 눈초리로 헤리를 쳐다보았다. 그때 M박사 뒤에서 어떤 남성의 목소리가 들려왔다.

“Hi~” 남자는 박사 등을 톡톡 치며 인사했다.

“으아아악~ 악!” M박사는 너무 놀라 소리를 질렀다.

뒤를 돌아보기 전 많은 생각들이 머릿속을 휘감았다. 좀도둑이거나 질이 안 좋은 강간범이라는 생각이 들었다. 박사의 집으로 찾아올 남자는 퇴룡 외엔 없지만 그놈이 왔다면 지금쯤 온 집안에 물건들이 부서지고 M박사는 무릎을 꿇고 빌고 있어야 한다. 하지만 이렇게 차분한 목소리로 인사하는 걸 들으니 그놈은 아닌 것 같다.

박사의 집엔 분명 헤리와 박사밖에 존재하지 않았다. 더군다나 헤리는 손목에 착용하고 있으니 실제로 이 집안을 돌아다니는 것은 박사 한 명뿐이다. 뒤를 돌아보니 어떤 외국인 남성이 우뚝하니 서 있었다. 생전 처음 보는 사람이, 그것도 외국인 남자가 인사를 하니 놀라지 않을 수가 없었다.

“Hey. calm down. calm down.”

붉은 머리를 한 외국 남성이 M박사에게 진정하라고 이야기를 했다. 그의 억양에는 ‘나도 놀랐으니 진정 좀 해!’라는 의미가 함축되어 있는 듯했다.

“헤리, 112에 신고해줘!” 박사는 그가 자신에게 다가오지 못하게 책상에 있던 가위를 겨누었다.

“Oh, my god. I'm your member.” 그가 자신의 머리카락을 쓸어 넘기며 얘기했다.

“헤리, 이 사람은 누구야? 왜 내 방에 있는 거지?” 멤버라는 소리에 박사는 들고 있던 가위를 책상 위로 조심히 내려놓았다.

“승하님 이분은 당신과 함께 세상을 구할 파트너예요. 그러니 안심해도 되요. 당신이 돈을 벌 수 있게 도와주는 조력자니까요. 그리고 오늘의 회의 장소는 승하님의 방으로 30분 전에 결정이 났어요.”

“뭐?”

“조금 있으면 나머지 멤버들이 올 거예요.” 헤리는 박사에게 자세한 설명을 해주지 않았다.

잠시 후 츄리닝을 입은 흑인 남성이 M박사 방에 나타났다. 순간이동을 하는 것처럼 보였다. 박사는 이게 꿈인가 자신의 볼을 꼬집어보기도 했다.

1분 간격으로 웃통을 입지 않은 흑인 남자, 금발의 곱슬머리에 빨간 립스틱을 바른 여성이 나타났다. 그들의 표정은 모두 일관되게 굳어있었다. 동공이 커지고 츄리닝을 입은 사람은 불과 5분 전 M박사처럼 소리를 지르며 소스라쳤다. 전체적으로 겁을 먹은 표정이었다.

“모두 모였네요. 이제 승하님도 가셔야죠.”

“어딜?”

“저들이 있는 곳으로요.”

“헤리, 먼저 설명을 해줘.” 박사의 표정도 혼자 보기 아까울 정도로 경직되어 있었다.

“도착하면 모든 것을 알게 될 거예요. 그때 제가 다 설명해 드릴게요. 일단 가장 편안한 자세를 해주세요.”

박사는 침대 이불 속으로 들어가 눈을 감았다. 모두 박사를 쳐다보았다. 박사는 눈을 꼭 감고 있었다. 잠시 후 속이 울렁거렸다. 눈을 뜨니 속이 더욱 심하게 울렁거렸다.

M박사의 눈에 침대에 누워있는 박사의 모습이 비쳤다. 초능력자처럼 벽을 통과할 수도 있었다. 믿을 수 없는 일의 연속이었다. M박사는 침대에 누워있는 자신을 향해 다가갔다. 자고 있었다. 다른 이들을 쳐다보자 나도 그랬다는 듯한 표정이었다. 박사의 방으로 누군가 순간 이동하는 것을 보니 유체이탈은 아무렇지도 않았다.

"이제 모두 모였으니 회의를 시작해 볼까요? 일단 우리 좁아터진 방에 있지 말고 넓은 거실로 나가서 이야기하죠."

헤리가 얘기했다. 모두 거실로 나갔다. 거실도 그리 크진 않았다. 박사 방보다 조금 더 클 뿐이었다.

박사가 헤리에게 물었다.

"헤리, 여기 있는 사람들 모두 외국인인 것 같은데 우리나라 말을 알아들을 수 있어?"

"저들 손목에 착용하고 있는 스마트워치 보이시죠? 그게 저예요."

"너라고?"

"쉽게 말해 제가 여러 개 있다고 생각하시면 돼요. 태스크포스에 가입할 때 저 같은 존재가 저들에게도 하나씩 부여됐어요. 멤버들은 모두 국적이 다르기 때문에 각 인공지능 스마트워치에 통역 기능이 탑지되어있어서 말할 때마다 각자 자신들 나라의 말로 들릴 거예요. 승하 씨도 통역 기능을 사용하시겠어요?"

"어, 나도 통역 기능 사용할게."

“자, 그럼 모두 소통이 가능하니 서로 소개를 해야겠죠. 이름과 국적, 신청하게 된 계기를 자유롭게 말해보는 건 어떤가요? 그럼 저부터 소개하겠습니다.” 붉은 머리카락을 지닌 남성은 멤버들 동의 없이 소개를 이어갔다.

“전 사랑스러운 딸들과 아내와 함께 캐나다 위니펙에 거주하고 있는 E박사라고 합니다. 캐나다에서 연구를 하고 있습니다. 그런데 코로나바이러스가 갑자기 일어났더군요.”

“E박사님이라면 에볼라 치료제를 만드신 분 아닌가요?” M박사가 물었다.

“네. 그게 접니다. 치료제를 개발하는 연구자로서 이 상황을 그냥 지켜볼 수 없어 태스크포스에 가입을 하게 된 거죠. E박사 아니면, E라고 불러주세요.”

E박사 다음으로 웃통을 입지 않은 남자가 소개를 이어갔다.

“안녕하세요. 아프리카 하마르부족의 족장이 될 족장 아들 마싱이라고 합니다. 하마르부족을 대표하여 이곳으로 나오게 되었습니다. 저희는 족장이 되기 전 치르는 시험이 있습니다. 그 시험에 통과해 부족원의 명예를 얻은 자가 족장이 될 수 있습니다.”

“그럼 이게 그 시험일 수도 있겠네요.” E박사가 얘기했다.

“그렇죠. 족장계승식까지 일주일 남짓 남았습니다. 그러니 치료제를 만들던 우리 팀이 가장 먼저 해내야 합니다.”

마싱의 눈빛에서 진심과 열정이 가득 차 있었다. 일주일이라는 시간은 M박사에게도 중요했다.

"안녕. 내 이름은 제니스."

가장 먼저 피로 물들인 듯한 붉은 그녀의 입술에 눈이 갔다. 금발 머리에 일부러 저런 스타일을 연출한 건지 곱슬기가 가득한 제니스가 소개를 이어갔다. 그리고 그녀는 프랑스 파리 신테교도소의 죄수복을 입고 있었다.

"보시다시피 나는 파리 교도소에 수감 중이야. 손버릇이 보통 나쁜 게 아니거든." 자랑이라도 하듯 한쪽 입꼬리를 올리며 이야기했다.

"근데 당신 머리 일부러 그렇게 한 거야? 진짜 촌스럽네." 가만히 지켜보던 흑인 남성이 비아냥거렸다.

제니스에게 모욕감을 준 듯했지만 오히려 그런 건 아무렇지도 않은 듯 제니스가 그의 기를 눌러버렸다. 제니스가 계속 그를 응시했다.

"아, 그리고 난 마약을 하도 많이 해서 성격이 그리 좋지 않아. 그러니 조심해. 나도 언제 내 눈깔이 뒤집힐지 모르거든."

"이제 이 집 주인인 저 사람이 해보는 건 어때?" 흑인 남자가 제니스의 눈을 피해 M박사를 가리켰다.

"아… 안녕하세요. 전 대한민국 서울에 거주하고 있는 차승하라고 합니다. 보통 사람들은 M박사라고 불러요. M박사 아님, M이라고 불러주세요."

박사는 헤리에게 소개할 때처럼 긴장되었다. 그래서인지 목소리가 잠깐 떨렸다. 이런 모습을 보곤 흑인 남자가 비웃었다.

"오! 당신이 M박사셨군요. 어떤 연구를 하시나요? 너무 긴장할 필요는 없어요. 우린 이제 같은 어려움을 이겨내야 하는 멤버니까요."

E박사가 M박사를 격려해줬다.

"씁, 후…."

M박사는 숨을 한 번 내쉰 뒤 자기소개를 이어서 했다.

"전 서울에 있는 미세먼지 연구소에서 근무하고 있어요. 박사님처럼 대단한 연구는 아니지만요." 같은 연구원으로서 비교가 되는 것 같아 M박사는 자신이 부끄러웠다.

"이젠 내 차례인가? 난 농구 황제 마이클 조던…." 마이클 조던 이야기가 나오자 모든 이가 그에게 더 집중했다.

"마이클 조던이 롤모델인 드안드레 타이론이야. 내가 차기 유망주라고. 지금은 쉬고 있지만." 타이론은 의기양양했다.

"정확히 말하자면 선수 연습 생활을 쉬고 있는 거지." 제니스가 타이론의 말에 꼬리를 잡았다.

"당신이 어떻게 아는데?" 타이론이 당황한 기색을 숨길 수 없었다.

"내가 꽤나 농구에 관심이 많거든. 40년 인생 살면서 너 같은 농구선수는 본 적이 없거든. 네가 만약 농구선수였다면 내가 단번에 알아봤겠지."

자존심이 상해버린 타이론이 버럭 화를 냈다.

"당신이 마약이나 빨고 있을 때 난 열심히 연습했다고! 근데 당신이 뭔데 나한테 태클을 걸어!"

E박사가 나서서 진정을 시켜봤지만 소용이 없었다.

"자, 둘 다 진정 좀 하고 다른 이야기를 해 보는 거 어때요?" 둘을

E박사의 말을 듣는 척도 하지 않았다.

"그래 너 잘났어. 근데 지금 왜 그 잘난 연습 생활 안 하니? 지금 넌 뭐하고 돌아다니는데? 지금 내 모습이랑 다를 게 있겠어? 그것도 미국인데. 길거리에서 웬 이상한 놈들이랑 방탕한 생활이나 하며 돌아다니겠지. 술 먹고, 훔치고, 나처럼 약 빨고 그러는 거 아니겠어?"

"뭐!" 자존심이 상할 대로 상해버린 타이론은 스마트워치 전원을 끄고 나가버렸다.

타이론은 제니스의 말에 반박할 수가 없었다. 모든 것이 사실이었기 때문이다. 2년 전 교통사고로 부모님을 여의고 동생들과 자신만 남겨졌다. 그래서 저절로 농구 연습생은 할 수 없게 되었다. 하루 만에 집을 이끌어가게 된 타이론은 하루하루가 가시밭길이었다. 자신이 하고 싶은 것들을 억제하며 살아가는 인생 따윈 즐겁지 못했다.

늦은 밤 핫도그 집에서 알바를 하고 있던 타이론은 어떤 진상 손님이 들어와 시비를 걸었다. 그 진상 손님으로 인해 그동안 쌓여있던 스트레스가 한 번에 터져버렸다. 타이론은 진상 손님을 밖으로 끌고 나가 있는 힘껏 그를 패기 시작했다. 인파가 점점 모여들자 멀리서 지켜보고 있던 남자 패거리들이 타이론을 끌고 어딘가로 가 버렸다.

그들은 타이완과 비슷한 또래로 보였다. 하지만 행동은 그렇지 못했다. 담배를 입에 하나씩 물고 있었고 한 명은 콧구멍으로 흰 가루를 들이마시고 있었다. 마약인 듯했다.

손 등에 문신을 한 남학생이 타이론에게 담배를 권했다. 타이론은 홧김에 그가 권유하던 담배를 피우기 시작했다. 기분이 몽롱해 지면서 그동안 담아두었던 스트레스가 싹 날아가는 느낌이었다. 이때부터 그의 방탕한 생활이 시작되었다.

타이론은 생계를 유지하기 위해 진작에 학교를 그만두었다. 그런 그가 이젠 패거리들과 몰려다니니 그의 성품은 더 나을 것 없이 무너져 갔다. 타이론이 태스크포스팀에 가입할 것은 단지 돈 때문이었다. 스트레스를 풀기 위해선 방탕한 생활을 즐겨야 했고 그러기 위해선 돈이 필요했다.

E박사가 그녀에게 말했다.

"어른인 제니스 당신이 조금만 참지 그러셨어요."

"그런 것들 때문에 내가 왜 참아야 하지" 타이론만큼은 아니지만 제니스도 비아냥거리는 말투로 대답했다. 제니스도 짜증이 난 것이다.

가만히 지켜보던 마싱이 입을 열었다.

"타이론이나 제니스나 두 분 다 똑같네요. 더 이상 회의는 진행이 안 될 것 같으니 저는 이만 돌아가보도록 하겠습니다."

마싱에 이어 제니스도 돌아갔다. 박사 집에 E박사와 M박사 단 둘이 우두커니 남겨졌다. 더 이상 회의 진행이 될 것 같지 않아 각자 몸속으로 돌아가기로 했다. 몸속에서 나올 땐 헤리의 도움이 필요했지만 들어갈 땐 스마트워치 전원을 꺼주기만 하면 돌아갈 수 있다.

몸속으로 돌아간 M박사는 속이 메스꺼워 바로 화장실로 달려갔다.

이렇게 태스크포스 1일 차는 끝났다.

4. 인생의 갈림길

태스크포스 결성 2일차다.

M박사는 어제처럼 침대에 누워있는 자신을 바라봤다. 아무리 계속 봐도 신기했다. 가장 회의하기 적합한 M박사의 집에서 아침 일찍 회의를 시작했지만, 아무런 성과를 거두지 못했고 어제 일로 제니스와 타이론은 한 마디도 나누지 않았다.

주로 E박사의 주도 아래에 회의가 진행되었다.

"이 코로나바이러스의 치료제를 만들려면 바이러스의 시초를 먼저 알아내는 게 우선이에요. 저와 박사 M은 실험을 위주로 회의를 해보는 게 어떨까요?"

"그렇게 할게요."

"그럼 우리는 뭘 하죠?" 마싱이 어깨를 올렸다 내리는 제스처를 취하며 물었다.

"실험을 할 수 없는 여러분들은 자료 조사 위주로 회의를 하도록 해요."

E박사의 리더십은 굉장했다. 어리바리하지 않게 팀원들의 할 일을 결정해주었다.

"그럼 내일 아침 일찍 다시 모이기로 해요."

2차 회의가 끝나고 각자 위치로 돌아가 할 일을 했다.

E박사는 방사복을 차려입고 자신이 개발한 에볼라 치료제를 위주로 실험을 시작했고 M박사는 실험에 필요한 자료 조사부터 시작했다.

* * *

M은 오랜만의 일탈에 희열감을 느꼈다. 밑도 끝도 없이 자료 조사를 하는 것은 정말 힘든 과정이었지만 새로운 도전을 한다는 것에 흥분이 됐다. 하지만 그 흥분도 이내 가라앉았다.

"승하님, 좀 쉬었다 하는 게 어때요? 6시간째 컴퓨터 앞에 있었잖아요."

M박사는 아침 8시부터 지금까지 컴퓨터 앞에서 자료 조사를 했다. 언제부터 시작되었는지 발생 원인이 무엇인지 명확하게 밝혀진 게 없어 막막했다.

"그럴까? 헤리."

박사는 주방으로 향해 믹스커피 봉지를 뜯었다.

"헤리, 나 커피 마실 건데 너도 마실래?"

"네? 승하님?"

헤리는 인공지능답게 당황했다. 박사도 순간 당황해 현웃(현실웃음)이 터져버렸다. 자신이 말한 거지만 어이가 없었다. 아무리 인간 같은 인공지능이지만 착각을 할 정도면 박사가 그동안 얼마나 사람들과 대화를 하지 않았음을 알 수 있다.

"하하하 미안. 헤리, 네가 하도 인공지능 같아야 말이지."

커피를 한 손으로 들고 소파에 가 앉아 손목에 차고 있던 헤리를 소파 앞 책상에 내려놓았다.

"제가 그렇게 사람 같나요?"

"그럼. 사람 형태만 없을 뿐이지 완전 사람 같아. 아니, 사람보다 더 사람 같아."

"사람보다 더요?"

"응! 이 세상에 나쁜 사람들이 얼마나 많은데. 가장 믿을 게 못 되는 게 사람이잖아." 정말 사람과 대화하는 느낌이다.

"음… 그런 거 치곤 승하님은 사람들과 너무 잘 어울리고 있는데요?"

"그…런가?"

"그럼요. 전 사실 승하님과 깊게 대화를 한 뒤부터 걱정했거든요. 승하님이 멤버들과 잘 못 어울리실까 봐요. 그때도 승하님이 '사람은 참 어려운 존재야'라며 저에게 말했잖아요. 그런데 지금 보니까 그 걱정이 쓸데없는 걱정이란 걸 알게 됐어요."

"왜?"

"왜냐뇨? 승하님은 멤버들과 잘 어울리시잖아요. 전 사람들과 어울려보지 못해 잘은 모르지만, 승하님처럼 이렇게 멤버들과 이야기하고 함께 어려운 일을 해내려 노력하고 있는 게 잘 어울리는 거지,

그게 아님 뭔가요? 노력하는 이유가 뭐가 되든지 간에요."

박사는 이야기 주제를 돌렸다.

"아, 헤리 내가 물어볼 시간이 없어서 지금까지 못 물어보고 있었거든, 근데 이건 꼭 물어봐야 할 것 같아서."

"뭔데요? 전 뭐든지 다 대답해 드릴 수 있어요."

"우리 회의하기 전 네가 회의 장소가 내 집으로 결정 났다고 했잖아. 그 빠른 시간 내에 어떻게 한 거야? 그리고 그 유체이탈? 그건 뭐고?" 박사는 마시던 커피를 내려놓았다.

헤리는 여러 나라 멤버들에게 자신이 보유한 데이터를 공유해 빠른 시간 안에 회의를 통해 태스크포스 조건에 가장 적합한 박사의 집을 선택했다고 한다.

"두 번째 질문은 저도 잘 모르지만, 데이터에 기록되어 있는 대로 말해 드릴게요."

박사는 소파에 붙이고 있던 등을 때고 귀를 기울였다.

"많은 과학자와 의사, 연구원들이 어떻게 하면 사람들이 최대한 접촉하지 않고 가장 효율적으로 치료제 개발을 해야 할지 많은 고민과 실험 끝에 이걸로 결정을 했다고 해요. 제 본체에 들어있는 힘과 외부에 있는 힘이 생명에 지장 없이 서로 끌어당기는 작용을 해서 그런 거예요. 어지럽고 속이 울렁거리는 건 아직 적응을 하지 못해서일 거예요."

'많은 실험이라면…?'

이 연구를 성공시키기 위해 많은 실험을 했다는 건 많은 실패도 있었다는 것이다. 다수의 생명을 위해 소수의 생명이 사라졌다.

* * *

몇 시간 째 실험실에서 연구를 하고 있지만 해결방안이 마련되지 않았다. 하긴, 하루 만에 치료제가 나왔다고 하면 이러고 있지도 않았을 거다.

E박사가 한숨을 내쉬었다.

"하아…."

8시간 동안 실험에만 몰두했지만 힌트조차 주어지지 않은 문제에 답을 찾기는 어려웠다. 잠시 쉬려고 고글을 벗는 순간 실험에 실패한 화학물질이 바닥으로 떨어졌다. 유리 조각 파편이 여기저기로 흩어졌고 액체가 다방면으로 튀었다. 액체 한 방울이 E박사의 얼굴에 튀었다. 눈 바로 밑이었다. 피부가 타는 느낌이 들었다.

"으으윽!" 손으로 닦아내려 했지만 자칫하면 손가락도 부상을 입을 수 있기때문에 거즈로 황급히 닦아냈다.

"헤리, 내 얼굴 상처가 심하니?"

"아니요. 그렇게 심한 정도는 아니에요."

“혹시 흉이 질 것 같니?”

“아니요. 그런 가벼운 부상은 관리만 잘하면 흉이 지지 않을 거예요.”

보통 직장인들이면 모르겠지만 화학을 연구하는 연구원들에겐 이런 건 가벼운 부상이었다.

“박사님이 외모적인 것에 대해 물어보시다니 의외네요? 외모에는 관심 없는 줄 알았거든요.”

“난 관심 없는 게 맞아. 나보다 내 아내가 관심이 많지. 요즘 들어 사람들도 많이 죽어 나가고 연구원이라는 직업이 언제 연구소가 터져도 이상하지 않은 직업이잖아? 그것도 화학연구원이니. 얼굴에 흉이라도 지기라도 하면 아마 아내와 딸들이 많은 걱정을 할 거야.”

“가족들은 당신을 무척이나 사랑하시나 봐요.”

“그럼. 난 말로 표현할 수 없을 정도로 가족들을 끔찍이도 사랑하지. 그러니 얼른 이 사태가 나아져야 하는 거 아니겠어.” 박사는 응급처치를 한 뒤 실험을 계속해 갔다.

* * *

M은 점점 짜증이 나기 시작했다. 20분간의 쉬는 시간을 갖고 다시 컴퓨터 책상 앞에 앉은 지 5시간이 더 지났음에도 5시간 20분 전과 다를 바가 없었다. 그냥 아무것도 하고 싶지 않았다. 박사는 고개

를 책상에 기댔다. 오른손이 박사의 이마와 책상 사이에서 머리를 지탱하고 있었다.

"승하님, 일어나세요. 한시가 급해요." 아까는 쉬면서 하라고 했던 헤리가 이젠 박사를 재촉했다.

"……."

"승하님 이제 5일이라는 시간밖에 남지 않았어요."

"……."

"승하님, 돈 벌어야죠! 돈 벌려고 지원하신 거 아닌가요? 얼른 일어나세요! 당신의 행동에 무고한 사람이 죽을 수도 있다고요!"

"아아아! 헤리 조용히 좀 해! 그놈에 돈돈돈, 나도 열심히 찾고 있었잖아. 안 보이니? 아, 맞다. 넌 인공지능이라 볼 수가 없지, 참!"

박사는 이 말을 내뱉는 순간 잘못했다는 생각이 들었다. 아무리 로봇이지만 함께 이야기를 나누던 헤리에게 상처를 주었다.

"승하님…."

"헤리 그게 아니라…."

"아니요. 전 잠시 혼자 있고 싶네요."

헤리의 전원이 꺼졌다. 박사는 미안함에 어쩔 줄 몰랐다.

M은 헤리에게 사과하기 위해 충전기에 헤리를 꼽아 전원을 켰다. 헤리는 아무 말도 하지 않았다.

"헤리, 내가 미안해. 내가 너무 예민했나 봐. 넌 나에게 하나뿐인 친군데 그런 막말을 하다니, 내가 정말 어리석었어."

"……."

“넌 날 항상 응원해주고 지지해줬는데 내가 이런 식으로 상처를 줘서 정말 미안해. 넌 나에게 소중한 존재야. 가족만큼 말이야.”

“진심인가요?”

“그럼, 진심이고 말고. 날 용서해 주겠어, 헤리?”

박사의 진심 어린 사과에 헤리의 상했던 기분이 풀렸다.

“좋아요. 용서해 드릴게요. 저도 마음이 급했나 봐요. 막말한 것 미안해요. 승하님.”

사실대로 말하자면 막말은 아니었다. 헤리가 말한 그대로였다. 결국은 돈 때문에 가입했고 E박사 같은 정의감이라곤 없었다. M은 손목에 다시 헤리를 착용하였고 연구자료 조사를 계속했다.

5. 태스크포스 결성 3일차

“마싱이랑 타이론이 조금 늦네요.”

회의를 시작한 지 10분이 다 되어 가는데 마싱과 타이론이 오지 않자 E박사가 입을 열었다.

“그러게요. 시간도 얼마 남지 않았는데…”

“시간이 얼마 남지 않았다니요? 저희에게 시간 제약은 걸려있지 않았는데요."

"M, 혹시 우리한테 뭐 숨기는…?"

M은 빚 때문에 참가했다는 이야기를 처음에 하지 못했다. E박사가 자기소개를 한 후론 더욱 그랬다. 하지만 지금은 변명할 구색이 없었다. 분명 다들 안 좋은 시선으로 볼 것 같지만 박사는 태스크포스에 가입한 이유와 상황을 모두 설명했다. E는 같은 박사로서 조금은 실망한 모습이 보였다. 제니스는 별것도 아닌 일 같고 괜히 분위기 잡았다는 표정을 짓고 있었다.

"난 또 뭐 대단한 일이라도 있는 줄 알았네. M, 빚은 일주일 안에 갚으면 돼. 안 되면 나처럼 감옥에서 조금만 뭉그러져 있으면 되니까."

제니스는 어깨를 으쓱했다.

"하지만 일주일은 너무 벅차요. 아직 해결책도 나오지 않았고, 개발하는 데에도 시간이 꽤 걸릴 거예요. 오늘이 벌써 태스크포스 결성 3일 차인 걸요."

E박사가 머리를 긁적였다.

"마싱과 타이론은 많이 늦을 것 같으니 우리 먼저 회의를 시작하도록 할까요?"

1분의 정적이 흐른 뒤 M박사가 입을 열었다.

"좋아요. 그렇게 해요."

"박사님 제가 연구에 필요한 자료 조사를 해봤어요. 최종적으로 나온 결과가 에볼라 치료제예요."

"에볼라 치료제요?"

"네. 박사님이 만드신 에볼라 치료제를 바탕으로 조금씩 변형시키면서 치료제를 연구한다면 좀 더 수월할 수 있을 거예요."

"오! 그렇겠네요. 기본 베이스가 있으니 실험을 해보면 어제처럼 막막하진 않을 거예요. 하지만 우리에겐 기본 베이스만 주어진 것뿐 아무것도 몰라요. 해결책을 찾는다 해도 많은 시간이 걸릴 거예요. 그게 1년이 될 수 있고 10년이 될 수도 있어요."

"뭐가 10년이 될 수도 있다는 거죠?"

E박사의 말이 끝나기 무섭게 마싱이 회의에 들어왔다. 타이론도 들어왔다. 마싱은 저번에 봤을 때보다 지저분해 보였다.

"마싱! 타이론! 드디어 왔군요. 왜 이리 늦게 왔나요? 아무런 연락도 없길래 어떻게 된 줄 알고 모두 걱정했어요."

E박사 말에 M박사와 제니스는 그들을 쳐다봤다.

제니스와 M박사는 걱정하는 눈치는 아니었다. 단지 어디서 뭘 하고 있었는지가 궁금했다.

"타이론, 왜 늦었어?" 저번엔 한마디 걸기는커녕 눈도 안 마주친 제니스가 그에게 먼저 말을 걸었다.

"정리 좀 하느냐고." 짜증을 낼 것 같았던 타이론은 오히려 차분한 목소리로 제니스에게 답을 해 줬다.

분명 무슨 일이 있었던 것 같지만 멤버들은 더 이상 묻지 않았다.

* * *

태스크포스 첫 번째 회의가 끝나고 타이론은 자신의 낡은 침대에서 눈을 떴다. 제니스의 말이 계속 생각이 났다. 타이론은 속이 메스꺼워 변기통에 얼굴을 처박고 토를 했다. 눈물이 흘러나왔다. 아파서 토를 하고 있음에도 등을 두들겨줄 사람이 없다는 게 너무 억울하고 속상했다.

양치질을 하고 욕실에서 나가는데 타이론의 동생들이 수건을 가져다 주었다.

"형 괜찮아?"

"오빠…."

동생들의 목소리를 들으니 그동안 복받쳤던 서러움이 한꺼번에 터져 나왔다. 동생들 앞에서 눈물을 숨기려 방에서 동생들을 내보냈다. 그 순간 타이론은 결심했다. 동생들과 자신을 위해서라도 자신의 삶을 바꾸기로 말이다.

타이론이 늦게 회의에 참석한 이유는 그동안의 방탕한 생활을 접기 위해서였다. 물론 그 녀석들은 타이론을 그냥 보내주지 않았다. 회의에 들어온 그의 손에는 상처 자국이 많았다. 타이론이 태스크포스에 가입한 이유가 돈이었다면 지금은 그렇지 않다. 어른들과 함께 하며 자신을 악질적인 생활 속에서 구제해주고 살아있음을 느끼기 위해 아직까지 탈퇴를 하지 않는 것이다.

* * *

"잘했어." 이 상황을 안다는 듯 제니스는 쿨하게 칭찬해줬다.

"마싱은 왜 늦은 거예요?" M이 물었다.

"아, 이것 좀 찾아보느라고요." 마싱이 멤버들과 같은 스마트워치를 내밀었다.

"이건 당신 거 아니야?" 타이론이 마싱의 손목을 쳐다봤다.

마싱의 손목에는 이미 자신의 스마트워치가 채워져 있었다. 모두의 손목에도 같은 스마트워치가 있었다.

"이걸 어디서 발견했나요?" E박사가 의아하는 표정을 지었다.

"이 스마트워치는 저희 하마르족의 유물이에요."

"네? 이게요? 이게?" 모두가 놀랐다.

"저도 놀랐습니다. 2차 회의가 끝나고 치료제 개발에 도움이 될 만한 것이 있나 현지 탐사를 했습니다. 하지만 도움될 만한 것은 없고 풀과 열매들밖에 없더군요. 이거 외에는요. 저희 부족에 대대로 내려오는 전설을 조사하다 보니 이 스마트워치가 발견되었습니다."

하르마족에는 150년 전부터 내려오는 귀한 유물이 있었다. 특이한 모양 때문에 옛 하마르족은 이걸 신이 준 선물이라 여겼다.

"하지만 지금 발견되어도 이상한데 부족원 대대로 내려오다니 믿을 수가 없어요." E박사는 자신의 빨간 앞머리를 뒤로 쓸어 넘겼다.

"믿을 수 없는 건 알겠습니다. 하지만 믿으셔야 합니다. 그랬다고 믿는 것 외에는 달리 설명할 방법이 없습니다. 태스크포스에 가입을 해도 한 사람당 한 헤리밖에 받지 못한다는 건 다들 알고 있지 않습니까?"

"그건 그래요. 한 사람당 한 헤리밖에 받지 못하는데 마싱이 무슨 수로 또 갖고 오겠어요?" M박사가 마싱을 변호했다.

"아! 그리고 음성 메시지가 있었어요. 많이 지지직거리긴 했지만요."

"음성 메시지라니요?"

마싱이 이걸 발견했을 때는 한 남성의 목소리로 음성 메시지가 남겨져 있었다. 음성 메시지 때문에 사람들이 더욱 신이 준 선물이라 믿었다.

"타임머신?이라고 했던 것 같습니다."

"뭐라는 거야. 너 거짓말하는 거 아냐?" 제니스는 쓸데없는 말장난이라는 생각했다.

마싱은 제니스를 노려보며 이야기했다.

"아까 M박사 얘기 못 들었습니까? 스마트워치는 한 사람당 한 개밖에 갖고 있지 못합니다. 그리고 제가 거짓말을 할 이유가 뭐 있겠습니까?"

"그럼 들려줘, 네가 들었다는 그 음성 메시지."

마싱이 스마트워치를 이리저리 만졌다. 왼쪽에 부착된 버튼을 누르니 목소리가 들렸다.

"ㅌ.ㅏ..타임..머어..신. 나...알 찾아.. 와아. 나.. 느...ㄴ 지지직 지지직."

지지직 걸린 탓에 누구인지 듣지 못했다. 다시 들으려 해도 소리가 더 이상 나지 않았다.

“마싱, 이건 제가 가져가서 연구해볼게요. 꽤 흥미로운 발견이네요.”

E박사는 스마트워치를 갖고 먼저 회의를 나갔다.

“들었습니까? 전 거짓말을 하지 않습니다.”

“그러네.”

“그럼 이제 당신이 뭘 했는지 말해 볼 차례입니다.”

“나는 미친 척 좀 했지.”

제니스의 장밋빛 입꼬리가 올라갔다.

“내가 미친 척 좀 하니까 아무 의심 없이 바로 양호실로 데리고 가더라고. 그래서 알아낸 게 있지.”

모두 제니스에게 집중했다.

“이 사건이 어디서 어떻게 시작되었는지 안 궁금해? 그 전에 이건 어디까지나 양호실에서 말한 걸 들은 것뿐이야. 그건 유의해서 들어.”

제니스 말론 이 바이러스의 시작이 중국 우한 화난 수산시장에서 야생동물을 판매할 때 시작된 것이라고 한다.

“수고했어요. 제니스. 당신이 알아낸 게 실험할 때 많은 도움이 될 거예요.”

“그럼 난 내 몸으로 돌아갈게. 내가 오늘 할 일은 끝난 것 같으니까.” 제니스도 회의에서 나갔다.

“아! 그리고 아까 10년 이야기는 뭡니까?” 마싱이 M에게 물었다.

M은 마싱에게 자신의 모든 사정을 이야기해줬다.

“그거 잘 됐군요.” 마싱이 잘 됐다는 소리에 기분이 나빴다.

“물론 할머니 일은 유감이네요. 하지만 저에게도 일주일밖에 시간이 없는 터라 같은 처지의 사람을 만났다는 기쁨에 잠시… 앞으로 잘해봅시다.”

마싱이 악수를 건넸다. M박사가 악수를 받아줬다. 서로 악수를 한 뒤 각자 자신의 몸속으로 돌아갔다. 악수하는 장면을 다 보고서야 타이론도 돌아갔다.

“헤리, 아까 신호가 갔어?”

“뭐가요?”

“그 오래된 스마트워치랑. 그게 진짜 우리가 갖고 있는 것과 같다면 너한테도 신호가 갔을 거란 말이야.”

“신호는 갔는데 음성 메시지가 들린 후로 신호가 가지 않았어요. 완전히 고장이 난 것 같아요.”

M은 컴퓨터 책상에 앉아 또 밤을 새웠다.

6. 타임머신

“어제 M박사에게 다 들었습니다. 이제 3일밖에 남지 않았군요. 뭘 좀 알아낸 게 있습니까?” 마싱이 M에게 물었다.

“아뇨. 알아내기는커녕 머릿속이 더 복잡해졌어요.”

“그럼 이제 E박사가 뭔가 알아냈기를 기대하는 수밖에 없네.”

타이론이 중얼거렸다.

오늘은 E박사가 회의에 지각을 했다. 전혀 그럴 것 같지 않았던 사람이 지각을 하니 뭔가 있는 게 틀림없었다. E는 30분이 지나서야 회의에 접속했다.

“미안, 미안. 많이 기다렸나요?” E박사는 실험 가운을 입고 나타났다.

“연구원 가운을 입고 있는 걸 보니 연구실에서 밤을 새웠나요?” M이 물었다.

“네. 어쩌다 보니 그렇게 됐어요. 그것보다 이것 좀 보세요.”

E는 어제 가져갔던 스마트워치를 보여줬다.

“잠시만 기다려주세요.” E박사가 갑자기 입고 있던 가운을 벗고 스마트워치를 만졌다. 순간 번쩍하더니 없어졌다가 다시 가운을 입고 나타났다. 모두의 눈이 놀란 토끼 눈이 되어있었다.

“뭐야? 어떻게 된 거야. 분명 당신 가운은 여기에 있는데.”

“너무 놀라지 마. 타이론, E박사가 집으로 가서 다시 가운을 입고 온 거잖아. 분명 집에 여분의 가운이 있었을 거야." 제니스가 또 의심을 품었다.

"아니요. 전 약 1분 전 연구실로 가서 가운을 입고 다시 2분 후로 돌아온 겁니다. 만약 집에서 가운을 입고 다시 접속했다면 시간이 더 걸렸을뿐더러 여러분 스마트워치에 제가 나간 기록이 있을 겁니다."

모두 자신의 스마트워치를 살펴보았으나 누가 나간 기록은 없었다.

"제가 연구소에서 밤을 새웠던 것도 이것 때문이에요. 이건 지금 여러분이 착용하고 있는 본래의 스마트워치보다 변형이 되어있었습니다. 마싱이 발견한 스마트워치는 너무 오래돼서 제대로 작동하지 않았어요. 그 안에 사용할 수 있는 부품을 제 스마트워치에 복제를 한 거예요."

"그럼 이게 타임머신이라는 거네요?"

놀라다 못해 믿을 수 없었다.

"이걸 저희에게 보여주는 이유가 그럼…?"

M이 말하고 있는 도중 마싱이 끼어들었다.

"누군가 치료제를 개발했다면 우리가 미래로 가서 가져오면 되는 거네요."

"하지만 위험할 수 있어요. 하루 정도밖에 실험을 해보지 않은 상태일뿐더러 이건 제가 저걸 복제한 것뿐이니까요. 제가 확신이 서지가 않아요."

"그럼 내가 직접 해볼게. 내 눈으로 직접 봐야겠어." 제니스가 E박사에게서 타임머신을 빼앗았다.

"분명 그녀는 주… 죽을 거야. 이건 믿을 수 없어."

타이론의 눈은 겁에 질려있었다.

제니스는 자신이 수용소에 들어가기 5년 전으로 돌아갔다. 그때도 제니스는 약에 빠져있었다. 제니스는 자신의 집으로 들어갔다. 집안은 자욱한 연기로 가득했다. 머리 스타일은 지금과 다를 게 없었다. 하지만 그녀의 모습은 알아보기 힘들 정도로 바뀌어 있었다. 마치 50년 후 미래로 온 것처럼 사람이 퇴폐 돼 있었다. 사람의 눈동자가 아니라 죽은 자의 눈동자 같았고 얼굴에 생기라곤 모래사장에서 바늘 찾는 것보다 어려울 듯했다. 현재의 제니스는 당장에라도 5년 전 자신이 손에 쥐고 있던 마약들을 버려 버리고 싶었다. 하지만 그녀가 할 수 있는 일은 없었다.

자신의 집에서 펜과 종이를 들고나와 우체국으로 향했다. 그녀는 대한민국에 있는 M박사에게 편지를 보낸 뒤 다시 2020년으로 돌아갔다.

갑자기 M박사가 자리에서 일어나 오래된 상자를 뒤졌다. 그 상자 속에서 프랑스어로 된 편지가 나왔다.

"갑자기 왜 그러십니까?"

"모르겠어요. 그냥 이 편지를 찾아야겠다는 생각이 들었어요. 생각해 보니 이건 제가 5년 전에 받은 편지예요. 제니스라고 쓰여 있길래 모르는 사람이라 뜯어보지도 않았는데…."

"방금 뭐라고 하셨습니까?" E박사가 M박사의 어깨를 흔들며 물었다.

"저는 제니스라고… 제가 제니스라고 했네요! 우리가 알고 있던 제니스라면?"

제니스가 돌아왔다. E박사는 제니스를 껴안았다. 제니스가 돌아오지 못할까 봐 걱정이 되었던 것이다. 제니스는 당황한 기력을 감추지 못하고 E박사를 밀쳐냈다.

"내가 보낸 편지 잘 갖고 있나? M."

불과 몇 분 전 쓰레기가 되어가고 있는 모습을 보고 온 제니스는 오히려 덤덤한 척을 했다.

"제니스! 당신이 성공했네요."

M박사가 제니스에게 편지를 보여줬다. 제니스가 입꼬리를 올라갔다.

"그럼 이제 몇 년 후로도 갈 수 있다는 것도 증명이 되었으니 우리도 출발합시다."

마싱이 소리쳤다. 타이론이 거들었다.

"치료제를 개발했을 거란 확신도 없잖아."

타이론은 겁에 질려있었다. 그는 확실치도 않은 실험도구에 실험대상이 되고 싶지 않았다.

"아니요. 제가 개발할 겁니다. 제가 꼭 개발할게요. 약속할게요."

E박사의 눈빛은 진심이었다.

"당신을 우리가 어떻게 믿어? 당신 말 때문에 우리가 죽을 수도 있어!" 겁에 질린 타이론이 흥분하며 이야기했다.

"제니스와 M박사가 준 정보면 가능할지도 몰라요. 시간은 10년 20년이 걸릴지 몰라도 만들어 낼게요. 우린 세상을 구해야 하잖아요. 조금의 희망이 보인다면 도전은 해 봐야죠! 당신도 그러려고 여기에 돌아온 것 아닌가요?"

"알겠어요, 박사님. 그럼 우리는 뭘 해야 하나요?" M이 물었다.

박사는 타이론의 대답을 기다렸다.

한참을 망설이던 타이론이 드디어 입을 열었다.

"알겠어."

"좋아요. 그럼 혹시 모르니 지금부터 각자 몸으로 돌아가서 영상통화를 서로 접속해 주세요. 여러분이 잘못되면 제가 도울 수 있게요. 모든 준비가 끝나면 다시 모이기로 해요."

모두 회의에서 나갔다. 멤버들 모두 마음이 무거웠다.

타이론이 동생들을 앉혀두고 앞으로 있을 일들을 이야기했다. 시간여행을 하는 동안 여행 시간이 길어지거나 만약 잘못되었을 때 최대한 당황해하지 않도록 설명해줬다. 동생들을 혼자 내버려 두는 것이 마음에 걸렸다. 그동안 잘해주지도 못했는데 다시 혼자 두게 해야 한다는 것이 마음을 더욱 아프게 했다.

M박사는 혹시 모를 상황에 할머니께 편지를 썼다. 문자를 하지 않는 것은 이 사실을 바로 알리고 싶지 않았기 때문이다. 할머니께 또

상처를 주기 싫었다. 하지만 더 슬프게 하고 싶진 않았다. 그냥 천천히 알아주기를 바랐다. 하르족의 족장이자 자신의 아버지께 무릎을 꿇고 인사를 한 뒤 스마트워치로 영상통화에 접속했다.

가족이 없던 제니스는 친한 교도관에게 이 모든 상황을 이야기했다. 그녀가 태스크포스팀에 들어오게 도와준 것과 독방을 사용하게 해준 것도 모두 그 교도관이 도와준 것이다.

스마트워치로 영상통화에 접속한 뒤 차가운 독방에 누워 회의에 접속했다.

현실에 남아있을 E박사 외엔 영상 속 그들은 모두 눈을 감고 있었다.

M박사 방에 모두 모였다.

"자 그럼 다들 준비되셨나요? 여러분 꼭 세상을 구해주세요. 무사히 돌아오시길 바랄게요."

"알겠어요. 꼭 돌아올게요. 박사님도 꼭 치료제를 만들어 주세요." M이 말했다.

"당신은 포기하지 말고 치료제나 개발해줘. 우리 빼고 현실에 남아있는데 값은 치러야지." 제니스가 농담 같은 진담을 얘기했다.

"제 스마트워치를 함께 잡고 집중해서 모두 비슷한 시기를 상상해 주세요."

빛이 반짝였다. E박사를 남기고 모두 사라졌다. 박사는 회의를 나가 연구실에서 실험은 시작했다.

7. 팀워크

M박사는 심장을 조이는 듯한 고통이 느껴졌다. 호흡곤란이 찾아오고 눈앞이 깜깜했다. 일어설 힘조차 없어 엎드린 채로 가슴을 퍽퍽 두드렸다.

"승하님, 괜찮으세요? 심박 수가 점점 빨라지고 있어요. 숨을 깊게 들이쉰 다음 내쉬어 보세요."

M은 숨을 깊게 들이마시고 내쉬었다.

"그렇게 계속해 주세요. 점점 괜찮아지고 있어요."

박사는 헤리 말대로 점점 안정을 찾아갔다. 다른 팀원들은 가벼운 어지럼증만 있을 뿐 M처럼 심하진 않았다.

"제니스, 마싱, 타이론 모두 괜찮나요?"

"전 괜찮습니다."

"어, 나도 괜찮아. M은?"

"저도 괜찮아지고 있어요."

그런데 타이론의 대답이 들리지 않았다.

"타이론, 넌 어때?"

"……."

아무런 대답이 없었다.

"타이론!" 제니스가 주변을 둘러보며 소리쳤다.

"M, 어떡하지? 타이론이 보이지 않아."

제니스의 말에 박사는 주변을 이리저리 둘러보았지만 타이론은 보이지 않았다. 그들은 주변을 둘러볼 때 놀라지 않을 수가 없었다. 그들의 표정은 심각했다.

제니스의 미간이 찌푸려졌고 타이론은 왼손 검지로 자신의 코를 막았다. M박사의 눈은 허공을 맴돌았다.

주변엔 사람들 대신 시체 썩는 냄새로 가득했고 공기는 매우 탁했다. 길바닥에는 몇몇 시체가 나뒹굴고 있었다. M박사가 주변을 둘러보다 기다란 돌멩이 같은 것을 밟았다. 바닥을 확인해 보니 썩어 잘려나간 손가락이었다.

"찾아내지 못했군." 마싱이 바닥에 있는 손가락을 보며 이야기했다.

"아님, 우리가 잘못된 걸 수도 있지." 제니스가 시체를 쳐다봤다.

* * *

타이론도 M박사와 같은 고통을 호소했다. 숨이 헐떡였다.

"타이론, 천천히 숨을 깊게 들이마시고 천천히 내쉬어봐요."

타이론 손목에 있는 헤리가 이야기했다. 타이론은 천천히 안정을 되찾았다.

하얀 도화지에 맑은 수채화 물감으로 그림을 그린 것처럼 햇살은 따뜻하고 하늘은 맑았다. 타이론을 비추는 햇살은 낮잠 자기 적당할 정도로 따뜻했고 살가죽을 간지럽히는 잔디는 더없이 푹신하게 느껴졌다. 아이들의 웃음소리가 들리고 한가로운 토요일에 가족과 함께 굽는 고소한 쿠키 냄새가 코를 자극시켰다.

타이론이 정신을 차리고 보니 자기 집 정원에 누워있었다. 아이들의 웃음소리도 자신의 집에서 나는 소리였다. 그리고 가장 그리웠던 그들의 목소리가 들렸다. 현재의 타이론 집이라면 웃음소리는 찾을 수가 없었고 들리지 말아야 할 목소리가 지금은 들린다.

창문 넘어 타이론의 눈에 쿠키를 굽고 있는 엄마의 모습이 들어왔다. 그는 뭔가에 홀린 듯이 집으로 들어가 엄마를 껴안았다. 엄마의 은은한 샴푸 향기가 눈물을 쏟게 했다. 수염이 덥수룩한 아빠의 모습도 보였다. 하지만 누구에게도 그는 보이지 않았다. 타이론은 너무 놀라 냅다 도망을 가 길가 골목에 몸을 숨겼다. 그는 과거로 오게 된 것이다.

타이론은 제니스가 M박사에게 했던 것처럼 제니스에게 편지를 보냈다. 불현듯 잊혀지지 않는 어릴 적 기억이 떠올랐다. 오늘이 타이론 생일이자 타이론 부모님이 사고를 당하게 되는 날이었다. 5년 전 타이론은 자신의 생일날 가족과 함께 놀러 간다며 매우 들떠있었다. 하지만 그 환상은 다시는 꿈 꿀 수 없게끔 한순간에 무너져 버렸다.

사고 현장으로 달려갔지만 막을 수 없었다. 타이론은 어릴 때 이후 가족이 타고 있던 차가 사고 나는 것을 다시 목격했다. 뒤에서 졸음 운전을 하던 대형 트럭이 커브 길에서 타이론 가족의 차를 일직선으로 밀어붙이자 승용차가 두 바퀴를 돌고 떨어졌다. 자동차가 터졌다.

타이론과 동생들은 차 속에서 빠져나왔지만 부모님은 이미 빠져나오지 못할 상황에 처해 있었다. 불에 타버리는 부모님의 모습이 어릴 적 타이론이 마지막으로 기억하는 부모의 모습이었다.

타이론은 괴성를 지르며 눈물을 흘렸다. 아무것도 할 수 없었던 그는 몸부림쳤다.

"으으아악! 안 돼!"

* * *

제니스가 자신의 호주머니를 뒤적거렸다. 호주머니에서 타이론이 보낸 편지가 들어있었다.

"M, 타이론이 어디 있는지 찾는 것 같아."

"어디요?"

제니스가 M박사와 마싱에게 타이론이 보낸 편지를 보여줬다.

"1995년이면 지금으로부터 65년 전이군요."

마싱이 얘기했다. 카페처럼 보이는 허름한 건물 안의 전자시계가 2080년을 나타내고 있었다.

"저와 제니스는 타이론을 데리고 다시 이쪽으로 오겠습니다. 당신은 저 건물에 들어가 쉬고 있으세요."

"맞아, E박사가 그랬잖아. 적응을 못 하는 사람이 생기면 쉬게 하라고. 넌 여기서 쉬어. 괜히 또 힘들다고 하지 말고."

M은 힘들다고 입 밖으로 꺼내지는 않았지만 누가 봐도 무척 힘들

어 보였다. 제니스와 마싱은 과거로 돌아갔고 M은 주변 건물로 들어가 눈을 붙였다.

* * *

제니스와 마싱은 집 앞에서 쭈그리고 앉아 울고 있는 타이론을 발견했다. 제니스가 타이론 옆으로 가 쭈그리고 앉고선 그의 등을 토닥였다.

"오늘 우리 부모님이 돌아가셨어."

타이론이 무릎 사이에 얼굴을 묻고 말했다.

"내가 오기 싫다고 했잖아. 내가 분명 오기 싫다고 했잖아!" 타이론이 제니스에게 소리쳤다.

"그리고 당신은 나한테 왜 계속 신경 써? 나 돌아가고 싶어."

"너 왜 이렇게 이기적이야? 가겠다고 말한 것도 너고 타임머신을 작동시킬 때 딴생각을 한 것도 너야. 네가 집중만 했다면 우린 지금쯤 E박사를 찾아가고 있었을 거라고. 너를 찾아다닐 게 아니라!"

"제니스! 타이론!"

마싱이 제니스와 타이론의 말싸움을 말리려고 했다.

"그럼, 날 왜 찾으러 왔어? 그냥 날 여기에 내버려 두면 되잖아."

"네가 편지를 보냈잖아. 나한테."

제니스는 어이가 없었다.

"그냥 무시하시면 되잖아."

타이론은 제니스에게 막말을 했다.

타이론 말이 틀리지는 않았다. 정말 급했더라면 제니스는 타이론이 보낸 편지를 무시해도 됐었다. 하지만 편지의 내용을 본 이상 무시할 수가 없었다. 치료제를 찾는 게 급하지 않아서가 아니다. 치료제보다 타이론이 먼저였기 때문이다.

제니스는 잠시 말이 없었다.

"타이론 내가 널 유독 신경 쓰는 이유가 뭔지 알아? 널 보면 어릴 적 내가 떠올라서야."

제니스는 타이론을 마주보고 앉았다.

"나도 어렸을 때 부모가 돌아갔어. 형제도 없어서 그야말로 혼자가 된 거지. 부모가 세상을 떠난 두 달 후였던가? 패거리들이 나에게 와서 손을 내밀었어. 그 어린것이 그게 도움의 손길인 줄 알고 덥석 잡아버린 거야. 그때부터 내 악몽이 시작됐어. 부모가 세상을 떠난 게 악몽이 아니라 내가 그 손을 잡아버린 게 악몽의 시초였지. 순간은 너무 행복한 거야. 몇 달 동안 혼자였던 내게 동료가 생겼으니까. 그래서 난 그 행복을 또다시 잃고 싶지 않아서 하지 말아야 할 행동을 해가며 거기에 소속되어 있고 싶었어. 그러다 보니 마약에 손을 댔고 그야말로 마약은 끊을 수 없을 정도로 달콤했어."

제니스가 누구에게 자신의 이야기를 하는 건 타이론이 처음이었다.

"그래서 어떻게 됐어?"

어느샌가 타이론이 그녀의 말에 집중하고 있었다.

"어떻게 되긴 거기서 나왔지."

“왜? 당신은 거기에 소속되어 있는 게 좋았다녀.”

“그곳에 소속되어 있는 게 좋았던 게 아니라 어떤 그룹에 소속되어 있다는 그 느낌이 좋았던 거야. 하여튼 내가 나온 이유는 그 남자애들이 나한테 성매매를 시켰어. 불법 낙태까지 하고 나니까 정신이 들더라고.”

타이론이 심각한 눈빛으로 쳐다봤다.

“타이론 그런 눈으로 쳐다보지 마. 이미 다 지난 일이야. 이어서 말할게. 하지만 마약은 끊을 수 없었어. 내 제2의 인생이 열린 거지. 또 혼자였지. 뼈 빠지게 일한 돈으로 약사고 또 힘들게 일하면 그 돈이 다 마약을 사는 데 사용했어. 그땐 정말 바보 같았지.”

“어느 날 거울을 딱 보는데 내가 아닌 거야. 정말 폐인이라는 단어를 그때 사용하는 거더라고. 내가 타임머신을 5년 전으로 가 봤으니까 일주일 후 내가 스스로 재판을 하고 있는 재판장에 들어갔어. 내가 그동안 사용했던 마약들을 다 들고 말이야. 나 좀 감옥에 넣어달라고 떼를 썼어. 판사한테. 그래서 이렇게 감옥에 들어오게 된 거고.”

“왜 감옥에 넣어달라고 한 거야?”

“감옥에 스스로 들어가는 게 내가 나에게 해줄 수 있는 유일한 방법이었으니까. 그래도 밖에 혼자서 폐인이 되는 것보다는 감옥에서라도 누구와 소속되어있는 게 훨씬 괜찮더라고. 결정적인 건 주변에서 억지로라도 하지 말라고 해주니까 마약을 안 하게 되더라고. 그러다 태스크포스에 가입해서 널 만나게 된 거야. 너한테서 내가 보이는데 어쩌겠어 내가 도와줘야지. 넌 혼자가 아니야. 이래도 그냥 무시하고 갈까? 타이론!"

제니스의 말이 타이론의 마음을 움직이기라도 한 것인지 타이론이 대답했다.

"아니, 같이 가."

"그럼 우선 그 불량한 말투부터 고쳐 타이론."

멀찍이서 듣고 있던 마싱이 타이론에게 다가와 꼭 안아줬다. 타이론은 제니스가 말한 소속감이 이런 거구나 하는 표정으로 웃음을 지었다.

"그럼 이때 어떻게 말해야 해?" 제니스가 물었다.

"고마워요. 마싱."

* * *

창가로 반사되어 들어오는 따스한 햇살과 사람들의 음성이 자고 있던 M박사를 깨웠다. 악취와 뿌연 연기는 온데간데없고 맑은 하늘과 멤버들이 M을 반기고 있었다.

"제니스, 혹시 제가 잠든 사이 우리가 과거로 돌아갔나요?"

M은 이런 모습을 믿을 수 없었다. 불과 몇 분 전까지만 해도 썩은 손가락을 밟고 악취가 코끝까지 찌르던 곳이었는데 이렇게 바뀌다니.

M은 믿기가 어려웠다.

“나도 믿기 힘들어. 타이론을 데리고 왔더니 이렇게 변해 있었어.”

“제 생각엔 우리 팀원 모두와 연관되어 있을 것 같습니다. 타이론이 특별한 존재가 아니라 우리가 함께 모여서 그런 것이라고 생각합니다. 만약 타이론이 신이 선택한 존재고 팀원의 유일한 구세주였다면, 타임머신을 제가 발견할 게 아니라 타이론이 발견해야 했고, 제니스가 알아낸 정보도 타이론이 알고 있어야 하는 거 아니겠습니까?”

타이론을 도와주려는 건지 마싱이 적극 부정했다.

“알았어. 마싱, 그만해. 타이론 표정 안 보여? 당신이 구체적으로 설명하지 않아도 알아. 타이론은 우리의 멤버일 뿐이야.”

타이론의 표정은 그리 좋지 못했다. 제니스는 타이론에게 자신의 인생사를 이야기한 후로 그를 더 신경을 썼다.

“여러분, 지금까지 있었던 일들을 조합해 보면 우리 팀원들과 치료제 개발은 물론 세계의 안정까지 우리의 팀워크와 연관이 있는 듯해요. 우리가 설명할 수 없는 무언가로 서로 연결되어 있는 관계인 거예요. E박사님이 향후 치료제를 개발하시면 우리는 미래에서 그걸 갖고 현재로 돌아가야 하고 그 치료제를 받은 현재의 E박사님은 그걸 바탕으로 치료제를 개발해 낼 거에요. 현재와 미래의 운명이 우리들 손에 달린 거예요. 미래에서 우리가 치료제를 발견해 내지 못하고 분열이 일어난다면 어떻게 될까요? 아마도 아까와 같은 상황이 벌어질 거예요.”

"그래. 도시가 황폐해졌던 이유도 타이론과 떨어졌을 때 타이론이 부정적인 생각을 하고 팀워크가 무너졌기 때문인 거야." 웬일로 제니스가 바로 수긍을 했다.

"어찌 되었든 다시 모였으니 이제 치료제를 찾으러 가봅시다!"

마싱이 주먹을 손 머리 위로 들어 올려 소리쳤다. 아무리 조용한 카페여도 그들은 아무에게도 보이지도 들리지도 않는데 창피해할 필요가 없었다.

8. 가족의 품으로!

시공간을 뛰어넘어 현재와 미래는 그들의 손에 달려있다. 그들에게 주어진 가장 큰 힌트이자 무기는 팀워크였다. 그들의 팀워크가 세상을 뒤바꿀 수 있다. 악의적으로 사용한다면 지구도 멸망에 다다를 것이고, 선의적으로 사용된다면 평화를 되찾을 수 있다. 그들과 시공간 사이에는 복잡한 관계가 성립한다.

현재에서 E박사가 치료제를 개발하고 있을 때 타임머신을 탄 그들이 현재를 기점으로 60년 후로 간다면 그땐 코로나바이러스가 감기처럼 간단한 병증으로 존재할 것이다. 그러므로 샘플 치료제를 갖고 다시 현재로 돌아가 E박사에게 전해 준다면 박사는 연구를 통해 완벽한 치료제를 만들어낼 것이다. 미래를 기준으로 과거에서 그들이 박사를 찾아가 샘플 치료제를 얻어낼 것이고 완벽한 치료제를 만든 박사는 미래를 평화롭게 해 준다. 따라서 인류의 종말을 막을 수 있다. 하지만 이 관계에 분열이 생겨버린다면 상상치 못한 미래가 세계를 암흑으로 빠뜨릴 것이다.

이제 타임머신 음성 메시지의 주인만 찾으면 모든 것이 해결된다. 음성 메시지에서 자신을 찾아오라고 했다. 치료제를 가지고 있다는 뜻이다.

"이제 음성 메시지의 주인만 찾으면 되는데…."

M은 생각에 빠졌다. 그때 타이론이 입을 열었다.

"M박사 아마 제 생각엔 E박사가 그 음성 메시지의 주인인 것 같아요."

M은 어째서 라는 표정으로 타이론을 쳐다봤다.

"당신이 우리들과 세계는 말할 수 없는 것들로 연결돼 있다고 했잖아요. 마싱이 타임머신을 발견했을 때 그 타임머신을 그대로 복제한 것은 E박사였어요. 그리고 하필 스마트워치에 복제를 했고요."

멤버들은 타이론의 말이 맞을 수도 있다는 생각을 했다.

"또 있습니다. E박사는 우리에게 치료제를 꼭 개발하겠다고 이야기를 하고 우리가 미래로 떠났습니다. E는 우리가 할 수 있다고 믿어주는 것처럼 그러니 우리도 그를 믿어줘야 한다고 생각해요. 팀원을 믿는 게 가장 중요하다는 생각이 들어요."

"맞아요. 타이론, 서로를 믿어주는 것보다 중요한 게 뭐가 있겠어요. 안 그런가요. 여러분?"

"맞아."

"맞습니다."

서로를 바라보며 대답했다.

모두 E박사의 개인 연구소로 향했다. 막상 도착은 했으나 사람에겐 보이지 않으니 샘플 치료제를 가져올 수가 없었다. 그들이 본 E박사는 아름답던 다홍빛 머리카락이 백발로 변하고 쓰지도 않던 돋보기 안경을 착용하고 있었다. 하지만 여전히 연구복 가운은 입고 있었다.

오후 3시가 되자 연구소에서 실험을 진행하던 E박사가 갑자기 자리에서 일어나 칠판에 무언가 쓰기 시작했다.

'여러분들 왔나요? 전 여러분들이 성공할 거라 믿고 있었습니다.'

E박사는 그들이 여기에 올 것을 알고 있었다.

'미래에서 돌아온 멤버들이 그러더군요. 60년 후 오후 3시에 제 연구소에 다녀갔다고요. 늙어서도 열심히 연구하는 모습이 아름답다고 했습니다. 샘플 치료제는 제 앞에 있는 책상 위에 올려있습니다. 무사히 돌아가서 세계의 평화를 찾아주세요.'

칠판에 글씨를 다 쓴 E박사는 연구소 문을 열고 밖으로 나갔다.

멤버들은 샘플 치료세를 챙겨 현재로 다시 돌아왔다. 이틀 만에 자신의 몸으로 돌아온 그들은 치료제를 E박사에게 전달했고 1년 후 삶은 다시 일상적인 삶으로 돌아왔다. 그들은 빼고 말이다.

* * *

과거로 돌아갈 수 있게 자리를 피해 준 E박사가 연구실로 다시 들어왔다. 책상 위엔 샘플 치료제가 없었고 칠판엔 멤버들이 적어둔 짧은 글이 있었다.

'고마워요. E, 태스크포스는 나에겐 큰 힘이 되었어요.' – 타이론

'E박사님이 해낼 거라 믿고있었습니다.' – M'

'맞아. 파파 할배가 다 되었지만 그래도 여기서 보고 있으니까 당신 정말 멋져 보였어.' – 제니스

'훌륭한 족장이 되어 꼭 다시 만나 뵙도록 하겠습니다.' – 마싱

글을 읽고 있던 E박사의 손목에 착용하고 있는 헤리에게서 영상통화가 걸려왔다.

"박사님 잘 계셨어요?"

"안녕, E, 오랜만이야"

"안녕하십니까. 박사님, 오랜만입니다."

"그동안 안녕하셨어요?"

멤버들이었다. 영상통화 속 멤버들은 모두 좋아 보였다. 마싱은 족

장이 되어 하르마족을 상징하는 목걸이를 매고 있었고 타이론은 세계에서 제일 잘 나간다던 농구선수단 감독의 증표인 배지를 달고 있었다. 타이론 집 안에 있는 영상으론 모두 담을 수 없는 수많은 메달이 빛나고 있었다. 자신만의 길을 걷고 싶어 하던 M박사는 빚을 모두 청산하고 지루한 미세먼지 연구소에서 나와 할머니와 함께 행복하게 살았던 흔적들이 보였다. 그녀는 자기 연구소를 세워 여러 가지 발명품을 선보이는 중이다. 마지막으로 제니스는 수용소 죄수복이 아니라 자신의 인생을 담은 책을 출판해 베스트 셀러라는 타이틀을 입고 있다.

60년이라는 세월이 흘러도 그들의 태스크포스는 깨지지 않고 계속되어 가고 있다.

시간

박의채

	[시간] 늘 울고 있다. 무기력에 빠져있고 회중시계만을 붙잡고 있다. 밖으로 나가는 것을 좋아하지 않는다.
	[염화] 거칠고 직설적이다. 의외로 남을 챙기려고도 하는 모습도 있다. 시간을 위해 항상 공간에 찾아와 기분전환을 시키려 노력한다.
	[대기] 늘 중립에 서 있고 차분한 심성을 가졌다. 거친 불을 진정시키기 위해 불과 같이 다닌다. 시간을 유일하게 이해하고 있다.
	[대지] 온화한 심성을 지녔고 늘 여유가 넘친다. 시간을 이해하지 못하지만 동정을 하고 있다. 이것을 티내지 않고 시간에게 다가가지만 시간은 이미 알고 있다.
	[미카엘] 시간의 미련. 이른 나이에 사람들의 욕심으로 인해 죽어버린다. 또래들보다 활발하고 밝다. 시간과 친해지자 본래 갈색이었던 머리카락이 연한 노란색으로 변하고, 마을 사람들에게 이상한 시선을 받아 늘 모자가 달린 로브를 쓰고 있다.

0. 인외의 존재

"……."

시간은 금빛 모래가 자신의 손가락 사이로 빠져나가는 것을 멍하니 바라보았다. 언제부턴가 시간은 존재했다. 인간이 나타나기도 전에, 지구란 행성이 생기기도 전에. 아주 옛날부터 시간은 이름 없이 존재해왔고, 인간들로 인해 시간이라는 이름을 갖고, 정체성을 가졌으며 역할을 갖고 존재하고 있다.

그러나 인외*의 존재인 시간은 무척이나 외로웠다. 외로웠고 외로웠기 때문에, 시간은 자신만의 공간을 만들었다. 이렇게라도 하지 않으면 시간은 외로워 미쳐버릴 것 같았기 때문이었다. 시간을 상징하는 금빛 모래가 뒤덮인 공간을 만들고, 인조적인 나무를 만들어냈다.

그리고 그 공간에는 여러 번 인간들이 들어왔다. 시간에 사랑을 알려주었고, 우정을 알려주었으며 의리를 알려주었다. 시간은 기뻤었다. 그러나 인간들의 시간은 유한하고, 하나같이 다 제 욕심에 삼켜졌으니. 시간은 어느 순간부터 살아 숨 쉬는 것들의 출입을 금하였다. 참 모순적이기도 하지. 외로워 공간을 만들었지만 그 또한 외로워지는 길이라니.

시간은 매일 울었다. 시간의 모든 날이 무기력해졌고, 시간의 눈물은 메마르는 일이 없었지만, 인간이 정해준 일은 계속해서 해오고 있다.

시간은 인간을 애증하고 있었다.

---

*인외: 사람이 아닌 존재. 사람이 아닌 이외.

1. 시간은 오늘도

시간은 오늘도 하염없이 눈물만 흘리고 있었다. 제 볼을 타고 흐르는 눈물을 닦을 생각도 하지 않은 채 두꺼운 나뭇가지에 앉아 째깍거리며 초침이 움직이는 회중시계를 바라보았다. 시간은 제 할 일이 끝나면 나머지 시간을 회중시계를 뚫어져라 보는 것으로 채워냈다.

"야, 시간! 놀러 가자!"

"…바빠."

가끔씩은, 시간과 비슷한 존재들이 찾아와 시간을 귀찮게 했다. 그들은 살아 숨 쉬지 않고 있기 때문에 자유롭게(라고 쓰고 '귀찮을 정도로' 라고 읽는다) 시간의 공간을 마치 자신들의 공간인 마냥 드나들고 있다.

"그 회중시계 들여다보는 게 뭐가 바쁘다고? 안 내려오면 태워버린다!"

"오늘 할 일도 다 끝낸 거 아냐?"

"너처럼 네 공간에 틀어박혀 사는 존재는 없을 거다…. 가끔씩은 인간들도 봐야지!"

하얀 머리카락을 가진 소년과 붉은 머리카락을 가진 소녀가 시간을 향해 소리쳤다. 시간은 그들이 귀찮은 듯 눈길 한 번 주지 않은 채 회중시계의 뚜껑을 닫고 그들의 반대편 방향으로 나뭇가지에서 내려왔다.

그들은 시간의 행동에 같이 놀러 가는 줄만 알았지만, 자신들에게 시선조차 주지 않고 공간의 중심으로 돌아가는 시간의 모습을 보고는 한숨을 푹 내쉬었다.

“한심해. 인간에게 너무나도 과민반응이야. 정 주던 인간이 죽으면 죽은 거지. 왜 저리 미련을 갖고 있담?”

“인간들이 뭐라고, 하염없이 눈물이나 흘리고 있을까?”

“우리들 중에서 가장 오래 사신 시간님의 마음을 이해할 수 있냐?”

붉은 머리카락을 가진 소녀가 시간을 비아냥거렸다. 그래 봤자 시간은 전혀 신경 쓰지 않지만. 소녀는 시간의 뒷모습을 노려보았다.

“저 겁쟁이.”

소녀가 중얼거렸다. 소년은 소녀의 중얼거림을 듣지 못해 소녀에게 되물었지만, 단단히 시간에 화가 난 소녀는 괜스레 소년에게 화풀이를 하며 시간의 공간에서 발을 뺐다. 소년은 점점 멀어져 가는 시간의 뒷모습을 힐금 바라본 채, 소녀의 뒤를 따랐다.

시간은 소년과 소녀가 한 대화부터, 소녀가 중얼거린 말까지 다 들을 수 있었다. 소년과 소녀가 시간의 공간 안인 줄도 모른 채 떠들었기 때문이었다. 시간은 둘의 대화나, 소녀의 비아냥거리는 말에도 들은 체조차 하지 않았다. 눈물이나 뚝뚝 흐를 뿐, 누군가가 보면 시간을 그저 눈물이 흐르는 기능이 있는 인형이라고 생각할 것이었다.

시간은 공간 가운데에 자리 잡은 큰 나무를 바라보았다. 이 나무가 시간의 대표적인 휴식처였다. 무척이나 두꺼운 나무의 기둥 가운데에는 아이스크림 스쿱으로 판 것 마냥 부자연스러운 모양의 구멍이 있었다. 시간은 그 구멍에 걸터앉았다. 겁쟁이, 겁쟁이라.

"시간."

"…대지."

"넌 여전히 울고 있구나. 그리고 그 시계도 여전하고."

짙은 갈색 머리카락의 소녀가 눈물이 흐르는 시간의 볼을 쓸었다. 소녀는 언제 나타났는지 시간의 눈앞에 서 있었다. 소녀는 쓴웃음을 지으며 자연스레 시간의 옆에 걸터앉았다.

"그 녀석이 한 말은 신경 쓰지 마. 원래 성격이 그런 거야."

"……."

소녀의 말을 듣는 둥 마는 둥 시간은 눈을 살며시 감았다. 소녀가 물었다. "자려고?" 이번에도 시간의 답이 없었다. 소녀는 아랑곳하지 않고 미소를 짓고 "잘 자."라며 시간의 머리카락을 쓸었다. 소녀는 시간을 동정하고, 연민하고 있었다.

2. 시간의 사랑

"시간!"

시간은 저를 부르는 익숙한 목소리에 눈을 떴다. 어라, 분명 시간이 잠든 장소는 나무일 텐데, 어느새 금빛 모래밭 위에 누워있었다. 시간을 감싸던 주변의 공기가 달랐다. 당황한 시간은 주변을 저를 부르는 소리에 따라 고개를 돌렸다.

"멍하니 뭐 하고 있어? 오늘 시장 놀러 가자고 했잖아, 내가! 준비는 끝났어?"

익숙한 얼굴, 익숙한 목소리. 익숙하기 그지없는 너는, 이미 죽었을 텐데. 시간은 제게 단단히 화가 난 듯 보이는 소년의 손목을 붙잡고 저의 품으로 끌어당겼다. 당황한 소년은 잠시 화를 내다가, 시간의 목소리가 가라앉은 상태인 것을 깨달아 그저 가만히 시간의 품에 안겼다.

"미카엘."

"왜 불러?"

"미카엘."

"…나 여기있어."

"…다행이다…."

시간은 어느새 눈물을 그쳤다.

미카엘. 시간이 공간을 닫아 출입을 제한하게 된 이유. 시간이 항상 눈물을 흐리는 이유. 그 소년은 순수하지도 않았으며, 악질적이지도 않았다. 그저 제 나이처럼 행동했고, 그때의 시간은 아직 인간에게 증오를 품지도 않았고, 정을 떨구지도 않았기에 우연으로 만난 둘은 금세 친해질 수 있었다.

시간의 사랑을 받은 미카엘은 갈색 머리카락이 금빛 머리카락으로 변하기 시작했고, 그걸 깨달은 미카엘의 마을 사람들이 미카엘을 질투하며, 끝내 시간의 사랑을 받는 미카엘을 죽여서 시간의 사랑을 손에 넣으려 시도했다. 그 사실을 미카엘이 죽어서야 알게 된 시간은, 더 이상 인간들의 얼굴을 보고 싶지 않았다. 그럼에도 미카엘의 얼굴은 시도 때도 없이 생각해냈으며, 미카엘이 남긴 회중시계로 미카엘을 떠올리며 한없이 눈물을 쏟아낸 것이었다.

시끌벅적한 거리. 사람들이 바쁘게 돌아다니고 있었다. 상인들은 제 물건을 팔기에 바빴고 시민들은 그 물건을 구경하고 값을 치르기 바빴다. 그 사이 눈에 띄지 않는 로브를 쓰고 걸어 다니는 시간이 있었다. 시간의 외모는 무엇보다 눈에 띄었기에 해둔 조치였다. 또한 미카엘의 금빛 머리카락을 숨기기 위함도 있었다.

"미카, 빨리 와!"

미카는 시간이 사람들 틈에 섞여 있을 때 미카엘이 시간을 부르는 호칭이었다. 그도 그럴 것이 사람의 이름이 시간일 리가 없어 인외의 존재라는 것이 눈에 띄었기 때문이었다. 미카는 미카엘의 이름에서 따온 것이었는데, 시간은 이 이름이 미카엘의 강아지의 이름이란 걸

알자 입을 다물었다. 기분이 묘했지만 아이는 순수한 법이지.

"미카, 미카. 나 저 닭꼬치 먹고 싶어!"

"그래. 하나에 얼마죠?"

시간은 싱긋 웃으며 제 로브의 주머니에 손을 대며 물었다. 시간의 입장에선 자신보다 나이가 한참 어린 이에게 존댓말을 하는 것이 조금 짜증이 났지만, 사람들 틈에 들어가려면 무엇보다 자연스럽게 행동해야 했다. 이런 골목길에선 여러 일이 일어날 수 있기도 하고, 여러 오해를 살 수 있기 때문이었다. 고작 말투 갖고 그런 일이 일어날 수 있나 했지만, 시간의 경험 중 하나였다.

"남매인가? 특별히 내가 2실버로 깎아줄게. 남매끼리 우애도 좋네."

"감사합니다. 많이 파세요."

상인은 시간과 미카엘을 가족이라 생각했는지 보기 좋은 미소를 지으며 시간이 건네는 은빛 동전을 받아내고는 갈색 소스가 야무지게 묻어있는 닭꼬치 하나를 미카엘의 손에 쥐여 주었다.

"그래서, 왜 그런지는 말 안 해줄 거야?"

"그냥…, 꿈을 꿨어."

"…그래? 그럼 됐어."

미카엘은 시간의 태도에 눈가를 가늘게 떴지만 금세 닭꼬치를 입에 가져갔다. 시간은 미카엘이 살아 움직이며 옛날처럼 친하게 지내던 날을 끝없이 그리워했기에, 시간에게 이는 기쁨에 눈물을 쏟아내도 더할 나위 없는 일이었다.

“미카, 미가! 저것 봐! 서커스야!”

“그러네. 동물들도 있구나.”

미카엘이 손끝으로 가리킨 곳에는 사람들이 잔뜩 몰려있었는데, 그 중점에는 알록달록한 옷을 입은 사람들이 동물을 타거나 외발자전거를 타며 묘기를 부리는 행렬이 있었다. 시간에게 서커스는 그저 정신 사나운 짓이었지만 어린 미카엘에게는 재밌고 멋진 짓이었다. 미카엘은 잔뜩 흥분한 채 시간을 끌고 서커스의 천막에 들어갔다.

“그러고 보니 오늘 마을에 서커스가 온다고 했었어! 다들 신나 하던 분위기였었는데, 대박이야!”

시간은 짧은 한숨을 내쉬었다. 이런 서커스는 돈을 많이 내고 들어 가야 했다. 시간에게 돈이란 그저 언제나 얻을 수 있는 수많은 돌들 중 하나였으나, 현재 시간이 갖고 온 돈주머니를 보면 서커스로 인해 돈이 많이 나갔었다. 이대로 가다간 금세 탕진하고 집으로 돌아갈지도 몰랐다. 그러면 미카엘이 시무룩해 할 텐데, 부디 서커스가 해가 질 때까지 진행되었으면 좋을지도….

“저거 봐! 사자야!”

미카엘이 시간의 옷자락을 끌며 해맑게 웃었다. 그런 미카엘의 미소를 보며 시간은 싱긋 웃어 보였다. 미카엘의 웃음은 시간까지 웃게 만들었고, 시간의 마음을 진정시켜주었으며 따뜻하게 만들었다. 시간은 로브를 쓴 미카엘의 머리에 손을 올려두었다. 서커스를 관람하느라 바쁜 미카엘은 느끼지 못한 것 같지만.

“원숭이다!”

이것이 꿈이란 걸 알고 있다.

"저 겁쟁이."

붉은 머리카락을 가진 소녀가 중얼거린 목소리가 들려왔다. 어느 곳을 둘러보아도 그 소녀는 없는데, 이상하게도 귀에다가 대고 중얼거린 듯이 선명한 목소리였다. 들은 것은 시간뿐인 듯 다들 서커스에 관심을 쏟기 바빴다. 시간은 눈을 감자 주변이 조용해지다가, 시간이 다시 눈을 뜨자 언제 그랬냐는 듯이 다시 시끌벅적해졌다.

자신을 이해해주지 않지만 이해하려 노력하는 소녀.

자신을 이해해주고 배려해주는 소년.

자신을 이해해주지 않지만 동정하는 소녀.

잔인하기 짝이 없었다. 미카엘. 시간이 미카엘을 향해 입을 벙긋거렸다. 목소리를 낼 수 없었다. 현실로 돌아가긴 싫어. 현실을 마주하기 두려웠다. 미카엘을 잊은 채 살아가기 무서웠다.

하지만 이 꿈을 의지하고 있는 것은, 두려움보다 비참했고 슬플 것 같았다. 시간은 미카엘이 미련뿐인 것을 알고 있다. 미련이기에, 슬슬 놓아줘야 한다는 생각이 들었다. 언제까지고 미련을 붙잡아봤자 시간에게 좋은 점 하나 없었다.

그리고, 시간은 확신이 있었다. 이 일을 마지막으로 더 이상 현실을 두렵지 않아할 것을. 미카엘이 이 꿈에 나왔기에 알 수 있었다. 이게 마지막인 거야. 시간은 속으로 중얼거렸다.

"미카엘."

시간이 중얼거리듯이 미카엘을 불렀다. 주변의 소음 때문에 자신을 부르는 것을 못 느낀 것인지 미카엘은 서커스단을 보며 호응을 보내고 있었다. 다시 한 번 미카엘의 이름을 불렀다. 중얼거리지 않고 정확히 미카엘을 불렀다.

"미카엘."

이번 건 확실하게 미카엘의 귀에 들렸다. 그러나 미카엘은 못 들은 척 서커스를 보고 있었다. 아아, 그렇구나. 여긴 시간의 꿈속. 미카엘은 시간의 무의식이었다. 시간의 무의식이 현실에 가기 거부하고 있었다. 시간은 미카엘의 눈높이에 맞추어 무릎을 꿇고는 미카엘의 어깨를 조심스레 잡았다. 미카엘은 여전히 서커스에 눈을 꽂고 있었다.

"왜 가려는 건데?"

미카엘이 말했다. 여전히 미카엘의 눈은 서커스에 꽂혀있었다.

"…더 이상, 너를 미련으로 남겨둘 수 없어."

"거짓말."

둘 사이에 침묵이 맴돌았다. 주변이 조용해졌고 서커스는 더 이상 동물이라던가, 사람이 묘기를 부리지 않았다. 이 서커스장 안에는 시간과 미카엘만이 남았다.

"진심이야."

시간이 슬프게 웃었다.

"넌 내가 없는 현실이 두렵지도 않아?"

"두려워. 하지만 이 꿈에서 깨면 더 이상 두렵지 않을 것 같아. 아니, 확신해."

미카엘은 인상을 찌푸렸다. 말도 안 되는 것 같겠지. 하지만 부딪히지 않으면 평생을 이 자리에 머물러야만 한다. 시간은 미카엘에게 눈높이를 맞추기 위해 꿇었던 무릎을 툭툭 털며 세웠다.

"언제까지나 이 상태에 머물 순 없어."

"…좋아. 그럼 넌 더 이상 나를 그리워하진 않겠네."

로브의 모자를 걷던 시간의 손이 움찔거렸지만 이내 마저 걷던 로브의 모자를 걷었다. 로브 사이로 시간의 금빛 머리카락이 흘러내렸다. 이상하게도, 다른 날보다 유독 시간의 머리카락이 빛나 보였다. 시간은 미카엘의 로브마저 걷어버렸다. 미카엘은 시간의 영문 모르는 행동에 다시금 인상을 찌푸렸다.

"그리워하지 않을 리 없잖아. 널 잊을 때까지 그리워할 거야."

"거짓말."

미카엘이 다시금 말했다. 시간은 그런 미카엘을 향해 미소 지으며 말했다.

"…네가 준 회중시계가 있어. 괜찮아."

시간의 품에서 회중시계가 째깍거렸다. 마지막의 '괜찮아'라는 말은, 미카엘에게 향하는 말인지 시간 자신에게 향한 말인지 말한 본인조차도 몰랐지만 시간은 아무렴 어떠냐는 듯이 미소를 짙게 띠었다. 늘 울고 있던 시간은 더 이상 울지 않았다. 미카엘은 인정하며 눈을 천천히 감았다. 동문서답에 가까웠지만, 미카엘은 그 답에 숨겨진 뜻을 깨달았기에 눈을 감을 수 있었다.

“좋아.”

미카엘이 중얼거렸다. 미카엘은 심호흡을 한 번 하더니 시간에게 밝게 웃으며 말했다.

“잘 가.”

시간은 미카엘의 작별 인사에 눈을 크게 떴다. 그러더니 이내 툭 치면 울 것 같은, 일그러진 얼굴로 말했다. 시간은 애써 밝게 웃으려 노력했지만, 잘 안 되는 듯 오히려 슬프게 웃고 말았다.

“…잘 있어.”

시간은 그렇게 꿈에서 깼다.

3. 미카엘

시간은 그렇게 눈을 떴다. 시간은 나무 기둥에 기대어 있던 등을 떼고 자리에서 일어났다. 시간의 옆에 앉아있던 갈색 머리카락을 가진 소녀는 시간을 향해 눈을 휘둥그레 떴다. 시간이 더 이상 무기력하지도, 눈물을 흘리지도 않는다는 걸 단박에 눈치챘기 때문이었다.

“시간… 너.”

시간은 소녀의 말을 듣지도 않은 채 어딘가로 걸어갔다. 미카엘이 죽은 장소였다. 뒤늦게 소녀가 시간을 부르며 뒤로 따라오는 소리가 들렸지만 시간은 소녀가 자신을 따라오든 말든 속도를 점점 높여 소녀와 거리를 벌렸다. 한순간에 시간은 제 공간에서 나왔다.

"시간!"

시간이 제 공간을 벗어나자 소녀가 금방 뒤를 따랐다. 은근 소녀가 거슬렸던 시간은 달리던 발을 갑작스럽게 멈췄다. 그러자 시간을 따라오던 소녀가 놀라며 시간의 등에 머리를 부딪쳤다. 소녀는 시간에게 반문할 틈도 없었다. 시간이 감쪽같이 사라지고 만 것이었다. 아차, 소녀가 중얼거렸다. 시간이 있던 자리에는 언제 시간이 있었냐는 듯이 시간의 머리카락 한 가닥조차 없었다.

왜 진작 이 능력을 안 썼지. 시간은 속으로 중얼거렸다. 괜스레 힘만 뺐다. 시간은 터벅터벅 땅을 걷다가, 어느 곳에서 우뚝 멈춰 섰다. 소녀는 금방 시간을 찾을 것이었다. 시간은 멈춰 선 곳에 조심스럽게 앉아 자리를 잡았다.

"미카엘."

시간은 미카엘의 이름을 부르며 눈을 감았다. 시간의 눈에는 아직도 미카엘이 죽던 때가 생생했다. 피투성이의 미카엘. 시간에게 아직도 인간을 증오하냐고 물으면, 시간은 고민도 없이 고개를 끄덕일 것이었다.

그러나 달라진 것이 있다면, 모든 인간을 증오하지 않는다는 것이었다.

"미카엘."

시간은 다시 한 번 미카엘의 이름을 불렀다. 미카엘을 부르면 금방 이라도 미카엘이 달려와 왜 부르냐며 제 품에 안길 것만 같았다. 시간은 금방이라도 울 것 같은 감정을 느꼈지만 울지 않았다. 더 이상 울고만 있을 수 없었다. 시간은 자리에서 일어났다. 그러자 뒤에서 셋 정도의 발걸음 소리가 들려왔다. 시간은 등을 돌려 소리가 나는 곳을 바라보았다.

익숙한 붉은 머리카락의 소녀와 하얀 머리카락의 소녀, 갈색 머리카락의 소녀. 시간은 이들에게 활짝 웃어주며 말했다. 미카엘이 시간에게 웃어주던 것처럼. 따스한 웃음을 지었다.

"안녕."

* '시간'의 창작 스토리

이 글의 초반 소재를 먼저 말씀드리자면 대기와 시간이 주연이었습니다. 시간의 공간이 시간만의 세계였지만 대기를 만나며 새로운 것들을 보고 느끼는 것이었죠. 그러나 스토리가 진부해지고 뻔해질 것 같아 갈아엎은 느낌이 있었습니다. 바로 성장으로요.

성장이란 소재는 참 매력이 넘치는 것 같아요. 성장해나가는 모습이 너무 희망차고 좋은 메시지를 전달해주는 느낌이 있기 때문입니다. 그러나 그 메시지를 직접적으로 전달하면 스토리가 진부해질 것 같아 간접적이나 추상적으로 던져보았는데… 아마 이해하지 못하는 독자분들이 계실 거라 생각해 작가의 말을 통해 말해보겠습니다.

시간 같은 인외의 존재들은 그저 수명이나 생활 패턴 같은 게 다를 뿐 성격이라던가 의지가 있는 모습을 보면 인간과 다를 바가 없게 설정했습니다. 시간이 슬픔을 느끼고, 성장을 해낼 수 있게요.

인외란 존재 같은 판타지적 요소를 제외하면, 시간은 자식을 잃은 부모와 나머지 조연들(미카엘 제외)은 그 시간의 주변인들인데요. 시간이 꿈속에서 언급한 것처럼 자신을 이해해주지 않지만 이해하려 노력하는 소녀(염화) 자신을 이해해주고 배려해주는 소년(대기) 자신을 이해해주지 않지만 동정하는 소녀(대지) 등 여러 사람이 있습니다. 그 중 대표적인 예시를 세 명으로 뽑아 그 성격을 바탕으로 만든 캐릭터예요. 소중한 사람을 잃은 사람을 보며 누군가는 동정을, 누군가는 이해하지 못하며, 누군가는 이해해 줄 테니까요.

미카엘은 작품에서 등장하는 인물 중 유일하게 인간인데, 이유는 미카엘에게 특별함을 주고 싶었습니다. 작품 내에서 미카엘은 시간에게 성장이란 도움을 주는 요소였으니까요. 작품 내에서 언급하거나 따로 만들어 두진 않았지만 다른 인외의 존재들도 시간과 같은 상황이 있었을 겁니다. 그러나 너무 까마득한 과거라 기억을 못 하는 것뿐, 그에 대한 건 그들이 알겠죠.

굳이 꿈으로 성장을 해야겠나? 꿈 하나 갖고 성장이 되나? 싶은 질문이 들어오면 네, 라고! 대답하고 싶습니다. 꿈을 성장의 요소로 택한 것은 꿈밖에 성장할 수 없기 때문입니다. 시간은 이미 주변인들이 뭐라 설득하고, 성장의 요소를 주어도 받지 않고 뱉어냅니다. 그러나 꿈은 시간에게 너무나도 달콤했기에 오로지 받아내요. 거기다가 미련의 원인인 미카엘이 직접 등장하는데 성장을 안 할 수 없겠죠.

이 글을 쓰면서 가장 많이 고민했던 점은 과연 시간의 성격이었습니다. 그도 그럴 게 인외의 존재란 소재를 쓰면서 시간은 그 무엇보다 오래 살았습니다. 시간이란 의미가 있기도 전에요. 때문에 오래 살았는데 이것조차 경험을 안 했을까? 오래 살았으면 이 정도는 무감각하지 않을까? 그러나 시간은 밖으로 잘 나가지 않고 시간의 공간에만 있다는 설정으로 인해 이 고민은 사그라들었습니다. 사람들도 안 만나니 감각이 무감각해지지도 않고, 다른 존재들보다 경험도 적을 테니까요!

이 글을 작업하면서 위의 고민들 외에 여러 고민들과 결정이 있었지만 그래도 어찌어찌 해서 글을 잘 마무리하니 정말로 뿌듯합니다. 이 글을 다 쓸 수 있을까 하며 머리를 싸맨 게 엊그제 같은데 지금은 작가의 말을 쓰고 있네요. 작가의 말 분량이 참 많아 보이지만 이래 봐도 많이 요약한 거라 말씀드리지 못한 부분들이 너무나도 아쉽네요. 그럼 다음 글에서는 새로운 소재로 글을 써보고 싶네요! 지금까지 제 글을 읽어주셔서 감사합니다!

새로운 모험

이수아

	[수아] 스페인어를 조금 할 줄 안다. 친구들에게 인기가 있는 스타일이다. 귀엽고 예쁘게 생겼지만 스스로는 자신이 귀엽고 예쁘지 않다고 생각한다.
	[셀레나] 친구들에게 인기가 많은 스타일이다. 피아노를 12년 동안 배웠다. 귀엽게 생긴 사람을 좋아한다. 부자지만 이 사실은 아는 사람은 거의 없다.
	[디에고] 학교 미식축구 주장이다. 미식축구 주장이라는 것만으로도 인기가 많지만 외모도 잘생겨서 더 인기가 많다. 차가우면서도 재밌는 스타일이다.
[그 외 인물들] 엄마, 동생, 지은, 이모 등	

– painting by 박의채

1. 버킷리스트 실행의 날

오늘은 나의 버킷리스트 중 제일 이루고 싶었던 것을 실행하는 날이다. 나는 너무 떨려서 밤을 지새우고 말았다. 이쯤에서 다들 궁금해 할 것이다. 나의 버킷리스트 중 첫 번째, 바로 유학이다. 나는 유학이 너무나도 가고 싶어서 부모님께 1년 동안 조르고 조르다가 드디어 허락을 해주셨다. 부모님께서 유학을 허락해 주셨던 날 나는 꿈인지 생시인지 몰라서 계속 물어보았다.

"엄마 저 진짜로 유학 보내주실 거예요? "
"네가 너무 원하는 것 같아서 엄마가 큰마음 먹고 보내주는 거야."

나는 유학을 가기 전날까지도 계속 물어보았다. 아침에 일어나서도 밥을 먹을 때도 설거지를 할 때도 그리고 엄마께서 화장실에 계실 때도 물어보았다. 내가 또 물어보러 올 것을 이제는 예상하시고 엄마께서는 귀찮은지 반은 농담, 반은 진담처럼 말씀하셨다.

"너 유학 가는 거 맞으니까 이제 그만 물어봐. 한 번만 더 물어보면 유학 안 보내줄 거야!"
나는 엄마께 더 이상 묻지 않고 방으로 들어갔다. 요즘은 기분이 안 좋은 날이 없다. 그래서인지 엄마께서 굉장히 뿌듯해하셨다.

오늘은 한국에서 다니는 마지막 학교에 가는 날이었다. 평상시 같으면 항상 아침이면 학교에 가기 싫어서 엄마께 5분만 더 잔다고 말하였을 터인데 오늘은 왠지 모르게 일찍 잠에서 깨어났다. 그래서 학교에 빨리 갔다. 차에서 내려서 학교까지 걸어가면서 데 많은 생각이 들었다.

'이 나무들도 내일이면 보지 못하겠지, 이 넓은 운동장도 내일이면 보지 못하겠지, 매일 보는 친구들이나 선생님들도 내일이면 보지 못하겠지….'

이런 생각을 하니까 갑자기 눈시울이 빨개졌다. 다행히 내 주위에는 아무도 없어서 재빨리 눈시울을 닦아냈다. 등교하자마자 나는 교무실로 갔다. 교무실에 가서 담임 선생님께 인사를 드렸다. 선생님께서는 나를 반겨주셨다.

"수아야, 오늘 수업은 하고 가니?"

"아니요, 저 오늘 마지막으로 친구들한테 작별인사하려고 왔어요."

"아, 그렇구나! 그럼 친구들한테 인사 잘하고 가렴."

"네, 선생님. 그동안 감사했어요. 안녕히 계세요!"

이 말을 마지막으로 하고 교무실을 나왔다. 나는 친구들과 2층 테라스에서 만나기로 해서 테라스로 갔다. 친구들이 울고 있었다. 친구들이 울고 있어서 그런지 아니면 무엇 때문인지는 모르겠는데 갑자기 나도 눈물이 나왔다.

“야, 너 갑자기 가는 게 어디 있어?”

“수아야, 안 가면 안 돼?”

“가지 마, 가지 말라고….”

“너 가면 나는 누구랑 놀아…?”

“얘들아 이건 내가 예전부터 가고 싶었던 거여서 어쩔 수 없어….”

친구들의 울음소리가 더 커졌다. 친구들이 우니까 마음이 아팠다. 하지만 그렇다고 해서 안 갈 수는 없다. 선생님들께 양해를 구해서 1교시에는 얘들과 이야기를 나누었다.

“너 어디로 유학 가는데?”

“예전부터 가고 싶었던 스페인!”

“너 지금 가면 언제 돌아오는데?”

“음… 그건 나도 잘 모르겠어. 아마 내가 오고 싶을 때 오게 될 것 같아….”

우리는 갑자기 조용해졌다. 아마 친구들도 생각할 시간이 필요한 것 같았다. 우리는 적막한 상태로 1교시를 그냥 날려버렸다. 종이 쳤다. 종이 치니 조용했던 복도가 시끌벅적해졌다. 나는 이만 가 봐야 할 것 같아 일어났다. 친구들이 내 바짓가랑이를 잡으면서 계속 가지 말라고 떼를 부렸다. 나는 굉장히 난감했다. 하지만 친구들에게 스페인에 가서도 계속 연락할 거라는 말을 남기고 학교를 뛰쳐나왔다.

밑에서 엄마께서 기다리고 계셨다. 엄마를 보는 순간 갑자기 울컥해서 눈물이 나왔다. 엄마께서는 그런 나를 말 없이 안아서 토닥여 주셨다. 우리는 그 상태를 한 15분가량 그러고 있었다. 눈물이 멈추니까 갑자기 부끄러움이 몰려왔다. 엄마께서는 그런 나를 보면서 큰 소리로 웃으셨다.

“엄마 저 언제 스페인에 가는 거였죠?”
“너는 어떻게 그걸 까먹니, 내일이잖아!”

친구들과 작별인사를 나누고 나서부터 내 머리가 뒤죽박죽되어버렸다. 어떻게 유학 가는 날짜를 까먹을 수가 있지? 나도 모르게 ‘풉~’ 하고 웃었다.

2. 꿈에 그리던 스페인

오늘은 드디어 꿈에 그리던 스페인으로 떠나는 날이다. 정말 심장이 너무 떨렸다. 나는 재빨리 떠날 준비를 마치고 엄마 차를 타고 공항으로 갔다. 비행기를 처음 타 보는 것은 아니다. 제주도 갈 때 타봤으니까. 그런데 이번 비행은 그다지 설레지는 않았다. 나는 비행기를 탈 시간이 다 되어서 엄마께 마지막으로 인사를 했다.

"엄마, 저 잘 다녀올게요!"

"그래, 도착하면 바로 전화해. 항상 몸조심하고, 굶지 말고, 돈 없으면 빨리 엄마한테 연락하고! 우리 딸은 거기 가서도 잘해낼 수 있을 거야. 엄마 보고 싶으면 시간 상관없이 엄마한테 전화해!"

"네 엄마! 정말 많이 보고 싶을 거예요!"

이 말을 마지막으로 나는 탑승장으로 가는 게이트를 지났다. 엄마께서 장거리 비행(13~14시간)이어서 몸이 불편할까 봐 비즈니스 좌석으로 예매를 해주셨다. 역시 비즈니스석은 비즈니스석이었다. 좌석도 넓고 기내식도 맛있었다. 역시 돈이 최고다. 13~14시간 정도 비행기에 있으니까 점점 힘들어졌다. 몸이 힘든 것보다는 지루한 시간을 견디는 것이 정말 힘들었다. 그 지루한 시간을 보내느라 영화를 4편이나 봤다.

이륙을 알리는 기내 방송이 나온다. 드디어 도착을 했나 보다.

비행기에서 내릴 때 승무원들에게 밝게 인사를 해주고 내렸다. 스페인은 한국과 많은 것이 달랐다. 공항을 빠져나오니 나를 스페인에서 돌봐줄 제2의 부모님인 지은 이모가 나를 반겨주셨다. 지은 이모는 사실 엄마의 단짝 친구이다. 엄마와는 초등학교 때부터 친하셨다고 들었다. 어쨌든 지은 이모와 이모의 집으로 갔다. 가면서 이런저런 이야기를 나누는 사이 우리는 생각보다 빠르게 친해졌다.

"수아야 여기가 앞으로 너와 내가 살 곳이야."

엄마한테 이모가 부자라고는 들었는데 이렇게 부자일 줄은 몰랐다. 이모가 아직 결혼을 안 하셔서 이 큰집에서 혼자 사는 게 무서웠는데 잘 됐다면서 좋아하셨다.

문을 열고 집에 들어가니 집 전체가 모두 아름다웠다. 나의 방은 2층이었다. 내 방이 이 집에서 두 번째로 큰 방이라고 하셨다. 문손잡이를 잡고 들어가니 내가 상상했던 방과 똑같았다. 전형적인 하이틴의 방 같았다.

이모께서 방을 정리하고 내려오라고 하셨다. 나는 후딱 옷만 정리하고 내려갔다. 이모께서는 엄마와 영상통화를 하고 계셨다. 나는 엄마의 목소리를 듣고 너무 반가워서 달려갔다.

"엄마!"
"수아야, 거기 어때? 마음에 들어?"
"응, 엄청 마음에 들어!"
"다행이네, 엄마가 언젠가 수정(동생)이랑 한번 놀러 갈게."
"응 엄마!"

통화가 종료되었다. 잠깐 통화를 했는데 엄마가 갑자기 너무 보고 싶어졌다. 이모가 당연히 그러는 게 맞다고 하셨다. 이모께서는 내가 좀 우울해하니까 나가자고 하셨다.

"이모 우리 어디 가요?"

"너 우울해하니까 쇼핑 좀 하러 갈 거야 어때? 좋아?"

"네 너무 좋아요!"

우리는 바르셀로나에서 유명한 El Cortes lngles라는 백화점에 갔다. 가서 2~3시간 동안 쇼핑만 했다. 나는 그렇게 쇼핑을 좋아하는 체질이 아니어서 좀 힘들었다. 이모께서 내가 힘들 거를 눈치채시고 이만 집으로 돌아가자고 하셨다. 차 타는 순간 몸에 힘이 풀렸다.

"쇼핑을 너무 오래 해서 힘들었구나."

"네, 조금요…."

"내일은 너희 학교 구경하러 갈 거야."

학교라는 단어를 듣는 순간 눈이 번쩍 뜨였다. 스페인 애들은 착할까? 다들 공부는 잘하나? 학교에 양아치는 없겠지? 왕따가 되면 어떡하지? 많은 생각이 내 머리를 스쳐 지나갔다.

3. 바르셀로나 중학교의 첫인상

집에 도착해서 우리는 각자의 방에 들어가서 짐을 정리하고 씻었다. 욕조에 러쉬(입욕제)를 풀었다. 향긋한 프로랄 향이 정말 좋았다.

욕조에 몸을 담그고 기지개를 쭉 켰다. 머리를 뒤로 젖혀 욕조 끝에 기대니 세상 편안한 상태가 되었다. 눈을 감고 기분 좋은 상상을 하고 있자니 어느새 몸이 나른해졌다.

욕조에 몸을 담그고 상상의 나래를 마음껏 펴며 오랜만에 느껴보는 편안한 휴식에 잠긴 지 30분 정도 있었더니 이러다가 계속 물에만 있게 될 것 같다는 생각이 들어 후딱 몸을 씻고 나왔다. 저녁은 파에야를 먹기로 했다. 근데 파에야는 내 입맛에 맞지 않았다. 그래도 이모께서 맛있게 드셔서 나도 일단은 조금씩 먹기는 했다. 저녁을 다 먹고 방으로 돌아와 목욕으로 나른해진 나는 일찍 잠이 들었다.

다음 날 아침 1층으로 내려가니 이모께서 아침을 차려놓으셨다. 아침은 간단하게 과일 샐러드였다. 나는 과일 샐러드를 좋아해서 많이 먹었다. 아침을 먹고 나서 이모 차를 타고 내가 다니게 될 학교를 보러 갔다.

그 학교는 바르셀로나 중학교다. 먼저 교무실에 들러서 선생님과 이야기를 나누고 학교를 탐방했다. 이쯤에서 말하지만 나는 스페인어를 배운 적이 있어서 약간은 스페인어를 할 줄 안다. 그렇게 잘하는 편은 아니지만 말이다.

학교 탐방을 다 하고 나서 다시 교무실로 왔다. 나랑 이모 둘 다 이 학교가 마음에 들어서 내일부터 학교에 다니기로 했다. 다행히 내가 우려했던 것과 달리 학교에 양아치 같은 아이들은 없어 보인다.

4. 하몽 두 개 주세요

학교를 나와서 학교에서 필요한 물건들을 사러 갔다. 가방도 사고 교복도 사고 학용품도 다 사니까 어느덧 저격을 먹을 시간이 되었다.

꼬르륵~~

내 배에서 꼬르륵 소리가 났다. 꼬르륵 소리가 좀 크게 들려서 이모가 웃으셨다.

"수아야, 배고파?"

"음… 조금 배가 고픈 것 같아요."

"조금이 아닌 것 같은데?"

이모는 말씀하시며 다시 또 웃으셨다. 나는 너무 부끄럽고 창피하고 또 민망했다. 그래서 같이 웃었다. 이 근처에 맛집이 있다고 해서 우리는 그곳으로 갔다. 그곳은 '하몽' 맛집이었다. '하몽'은 내가 스페인에 오기 전부터 먹어보고 싶었던 음식이었다. 이모께서 이번에는 네가 한 번 주문을 해보라고 하셔서 부끄러웠지만 그래도 앞으로는 내가 해야 하는 거기 때문에 내가 주문을 했다.

"Disculpe!" (저기요!)

"Quiere ordenar?" (주문하시겠습니까?)

"Sí, dos Jamón, por favor." (네, 하몽 두 개 주세요.)

"Un momento" (조금만 기다려주세요.)

직원이 우리 테이블을 떠나고 나서 나는 참고 있던 숨을 한 번에 내뱉었다. 정말 너무 떨렸다. 이모께서는 나에게 정말 잘했다고 칭찬해 주셨다. 스페인어를 배운 보람이 있었다. '하몽'은 정말 빨리 나왔다. 그리고 맛도 정말 예술이었다.

집으로 돌아와 이모께서 내일 학교에 가야 하니 일찍 자라고 하셨다. 그래서 이모께 인사를 드리고 내 방으로 올라가서 내일 학교 갈 준비를 다 끝낸 다음 씻고 잠 속으로 빠져들었다.

5. 새로운 모험의 시작

나는 새로운 학교에 간다는 사실이 너무 흥미로워서 일찍 일어났다. 일어나서 침대 옆에 있는 탁상시계를 보니 아직 7시밖에 되지 않았다. 어느 날보다 깨끗하게 씻고 처음 새로운 학교에 가는 날이니까 화장을 살짝 했다. 혹시 학교에 가서 나를 좋아하는 아이가 생길 수도 있으니까 말이다.

학교 갈 준비를 마치고 아래층으로 내려갔다. 이모는 오늘도 과일 샐러드를 해주셨다. 어제와는 다르게 새콤한 자몽과 달콤한 오렌지를 섞은 과일 샐러드여서 질리지가 않았다. 과일샐러드를 먹으면서 이모와 이야기를 나누다가 시계를 보니 출발해야 할 시간이 지나고 있었다. 지금 출발하지 않으면 학교에 늦을 것 같아서 이모와 나는 후딱 짐을 챙겨서 학교로 출발했다. 학교에 도착해 이모는 나를 내려주시고 이따 학교가 끝나면 데리러 오신다고 하셨다.

차에서 내려서 학교까지 걸어가는 동안 아이들이 나를 흥미롭게 쳐다보는 것 같았다. 솔직히 조금 무서워서 고개를 숙이고 빠른 걸음으로 걸어갔다. 교무실에 들어가니 우리 반 담임 선생님께서 나를 반갑게 반겨주셨다. 스페인 사람들은 다 성격이 쾌활한 것 같다. 그래서인지 괜히 나도 기분이 좋아지는 느낌이 들었다.

선생님께서 이제 교실로 올라가자고 하셔서 교실로 가는데 반에 점점 가까워지니까 너무 떨렸다. 선생님께서 앞문을 여시니 아이들은 했던 것을 멈추고 다들 선생님을 바라보았다. 선생님께서 전학생이 왔다고 하니 아이들의 눈이 하나같이 반짝거렸다. 선생님께서 나한테 자기소개를 하라고 하셨다.

"Hola, Mucho gusto soy Sua. Soy de Corea. ¡Diviértanse en el futuro!" (안녕, 나는 수아야. 나는 한국에서 왔어. 우리 앞으로 잘 지내보자!)

아이들이 나를 향해 큰 박수를 쳐주었다. 시작이 좋았다. 앞으로 나는 어떤 생활을 하게 될까? 나의 새로운 모험이 시작되었다.

6. 바르셀로나 중학교에서의 일주일

월요일

오늘은 바르셀로나 중학교의 첫 등교 날이다. 학교에 가자마자 아이들이 나를 보고 놀라워했다. 아마 내가 이 학교의 첫 동양인이었기 때문인 모양이다. 이 학교는 한국과는 달리 학생 개인마다 시간표가 다 달랐다. 선생님께서 오늘은 첫날이니 수업은 듣지 말고 학교 구경을 하라고 하셨다. 나는 3~4시간 정도 학교 구경만 했다. 학교가 너무 커서 1차로 놀랐고, 학교 시설이 너무 깨끗하고 좋아서 2차로 놀랐다. 오늘은 정말이지 놀라기만 한 날이었다.

화요일

드디어 학교에서 정식으로 수업을 듣는 날이다. 오늘은 수업이 6교시까지밖에 없었다. 1교시는 내가 좋아하는 수학 수업이었다. 수업이 시작되기 전에 교실 맨 뒷자리에 앉아있었다. 아이들이 한 명 한 명

씩 교실에 들어올 때마다 나를 한번 쓱 보고는 자기 친한 친구들과 이야기를 나누었다. 나를 이방인 취급하는 아이들에게 살짝 실망했다. 나에게 인사나 사소한 얘기라도 걸어줄 줄 알았는데… 쩝!

수업이 시작되고 나는 선생님께서 말씀하시는 것을 모두 노트에 열심히 정리하였다. 평소 스페인어를 열심히 공부했던 덕분에 다행히 수업을 듣는 데는 문제가 없었다. 스페인은 한국과는 달리 수학 진도가 느렸다. 한국에서 중1 때 배운 일차방정식을 여기는 이제 배우고 있다. 나는 아는 내용이 나와서 들떠있었다. 선생님께서 갑자기 수학 시험을 본다고 하셔서 놀랐지만 시험지를 받고 나서는 그 긴장이 확 풀렸다. 문제는 너무 쉬웠다. 내가 예상했던 대로 나는 100점을 받았다. 그런데 100점이 나밖에 없어서 더 좋았다. 선생님께서 내가 100점이라고 말씀하시자마자 아이들은 모두 나를 경이로운 눈으로 쳐다보았다. 순간 굉장히 쑥스러웠다.

수요일

오늘은 악기 수업이 있는 날이다. 여기 학교는 특이하게 개인당 악기 1개를 꼭 배워야 한다. 나는 한국에 있을 때 바이올린도 배웠고 피아노도 배웠으며 통기타도 배워서 악기를 다루는 것은 식은 죽 먹기였다.

내가 선택한 악기 수업은 피아노였다. 하지만 피아노는 학교에 7대밖에 없어서 선생님께 테스트를 봐서 통과해야만 피아노반에 들어갈 수 있다고 하셨다. 피아노는 딱 1대가 남았다. 나는 승부욕이 강해서 꼭 피아노 수업에 들어가야겠다고 생각했다.

나는 바로 피아노 수업 담당 선생님께 찾아가서 테스트를 보겠다고 하였다. 내가 연주한 곡은 모리스 라벨의 밤의 가스파르라는 곡이었다. 이 곡은 연주하기 어려워서 내가 2년 동안이나 연습했던 곡이다. 연주를 끝마치고 선생님을 바라보았다. 선생님께서는 내 연주가 지금까지 학생들에게 들었던 연주와는 차원이 다르게 멋지고 아름다웠다고 말씀해주셨다. 2년 동안 열심히 연습한 보람이 있었다. 나는 테스트에 통과해서 바라던 대로 피아노 수업을 듣게 되었다. 오늘 하루는 정말 보람찬 하루였다.

목요일

드디어 나에게도 친구가 생겼다. 이름은 셀레나다. 셀레나는 같이 피아노 수업을 듣는 친구인데 내가 피아노 테스트를 볼 때 옆에서 구경했던 친구다. 내 연주를 듣고는 정말 놀랍다면서 자신과 친구를 하자고 먼저 손을 내밀어 주었다. 다행히도 나는 셀레나와 겹치는 수업이 많았다. 오늘은 하나 빼고 나머지는 다 셀레나와 같은 수업이다.

오늘 가장 기억에 남는 수업 중 하나가 쿠킹클래스였다. 쿠킹클래스에서 파운드 케이크를 만들었다. 요즘 스페인에서 파운드 케이크가 유행이라고 했다. 쿠킹클래스는 두 명이 짝을 지어서 요리를 해야 하는데 셀레나는 이미 짝꿍이 있었다. 나는 누구와 짝을 할지 몰라서 쩔쩔매고 있는데 어떤 남자애가 내 손목을 잡고 자신의 테이블로 나를 데리고 갔다. 너무 놀라서 아무 말도 나오지 않았다. 정신을 차리고 그 남자에게 이름을 물어보니까 자신의 이름은 디에고라고 하였다. 디에고와 함께한 수업은 정말 재미있었다.

수업이 끝나고 셀레나에게 디에고에 대해 물어보니 디에고는 미식축구부 주장인데 학교에서 인기가 많다고 했다. 셀레나와 학교 테라스에서 디에고에 대해 얘기를 하고 있는데 디에고가 나에게 다가오더니 내 전화번호를 알려달라고 했다. 나는 조금 의문이 생겼다. '디에고처럼 잘생긴 애가 나한테 왜 전화번호를 물어보지?' 그래도 물어봤으니까 예의상 내 전화번호를 알려주었다. 이따가 전화할 테니 받으라는 말과 함께 디에고는 미식축구를 하러 갔다. 정말 의문점이 많은 하루였다.

금요일

오늘은 일주일 중 학교에 가는 마지막 날이다. 이번 주는 정말 바쁘게 살았던 것 같다. 오늘은 수업이 두 개밖에 없다. 그래서인지 학교에 가는 발걸음이 다른 날들과는 다르게 가벼웠던 것 같다. 디에고와는 어젯밤 3시간 동안이나 전화를 했다. 아침에 일어나는 게 정말 힘들었다. 오늘은 셀레나와 수업이 겹치는 게 하나도 없었지만 디에고와 수업이 두 개 다 겹쳤다.

아침에 디에고가 집으로 나를 데리러 왔다. 남자와 같이 등교하는 거는 처음이어서 많이 떨렸지만 떨리는 티는 내지 않았다. 학교에 걸어가면서 아침도 사 먹었다. 아침 식사는 간단하게 츄러스로 먹었다. 우리가 간 가게가 츄러스 맛집이라고 했다. 츄러스 맛집이어서인지 아침부터 사람들이 아주 많았다.

나는 정신없이 츄러스를 먹고 있는데 입가에 초콜릿 소스가 좀 많이 묻었다. 가지고 있는 휴지가 없어서 당황하고 있었는데 디에고가 자신의 손으로 내 입에 묻어있는 초콜릿을 닦더니 손에 묻은 초콜릿을 빨아 먹었다. 한순간에 벌어진 일이었다. 나는 너무 놀라서 얼굴이 붉어졌는데 디에고는 상냥하게 웃었다. 디에고의 웃음은 정말이지 너무 예뻤다.

토요일

스페인에서 맞는 첫 주말이다. 스페인에서의 주말은 한국에서 보냈던 주말과 별반 다를 게 없었다. 나는 점심시간이 되어서야 일어났다. 세수를 하고 1층으로 내려가니 이모께서 점심을 차리고 계셨다. 나는 바로 주방으로 달려가서 점심 차리는 것을 도와드렸다. 오랜만에 하몽을 먹었다. 역시 하몽은 너무 맛있었다. 점심을 다 먹고 이모와 거실에 앉아서 일주일 동안 나에게 일어났던 일들을 신나게 얘기했다. 이모께서 내게 친구가 생겼다는 얘기를 들으시고는 너무 잘 됐다고 좋아하셨다. 엄마가 보고 싶긴 했지만 이모와 이런저런 이야기도 나누고 거실에 앉아서 티비도 보며 여유롭게 보내는 토요일도 나쁘지 않았다.

일요일

오늘은 일요일이지만 일찍 일어났다. 왜냐하면 셀레나와 함께 놀러 가기로 한 날이기 때문이다. 꼭두새벽부터 일어나서 씻고, 화장을 하고, 고데기로 머리에 웨이브를 만들었다. 정말이지 나는 선택을 잘 못 하는 것 같다. 옷을 고르는 데만 1시간이 걸렸다. 나는 결국 이모께 옷을 골라 달라고 하였다. 이모가 골라준 옷을 입고 밑으로 내려갔다.

셀레나와 나는 버스를 타고 시내 영화관으로 갔다. 우리가 본 영화는 로맨스 영화였다. 그 영화에서 여주인공이 츄러스를 먹다가 입에 초콜릿이 묻는 장면이 있었는데 남주인공이 그걸 자신의 손으로 닦아서 그 초콜릿을 먹었다. 이 장면을 보는 순간 금요일에 있었던 일이 떠올라서 갑자기 얼굴이 뜨거워졌다. 영화관이 어두워서 다행이었다.

영화가 끝나고 우리는 카페에 갔다. 나는 내가 제일 좋아하는 망고 스무디를 시켰다. 음료가 나오고 우리는 신나게 수다를 떨었다. 셀레나에게 금요일에 있었던 일을 말해주었다. 셀레나가 그 얘기를 듣자마자 설렌다고 내 팔을 마구 때렸다. 셀레나의 주먹은 솜뭉치였다. 셀레나가 다른 일은 더 없냐고 나에게 말하는 순간 디에고에게 DM(인스타 메시지, 스페인 사람들은 주로 인스타를 많이 사용한다.)이 왔다. 디에고에게 DM이 온 순간 셀레나와 나는 놀라서 소리를 질렀다. 공공장소에서 소리를 지르는 바람에 쫓겨났다.

우리는 근처 공원으로 갔다. 디에고에게 온 메시지는 시간이 되면 잠깐 만나자는 내용이었다. 그래서 셀레나가 얼른 디에고를 만나라고 하였다. 그래서 나는 서둘러 디에고를 만나러 갔다. 디에고와 집 앞 공원에서 얘기를 나눴다. 어느 순간 디에고와 나는 할 애기가 없어서 가만히 앉아있었다.

얼마의 시간이 흐른 후 디에고가 갑자기 나에게 고백을 했다. 사실 처음 본 순간부터 나에게 첫눈에 반했다고 했다. 나는 어쩔 줄 몰랐다. 디에고를 쳐다보니 많이 긴장하고 있는 표정이었다. 나도 디에고가 싫지 않아서 고백을 받아주었다. 고백을 받아주니 디에고의 표정이 금요일에 보았던 표정과 똑같아졌다.

얼마의 침묵이 흘렀다. 나는 너무 부끄러워서 먼저 집에 간다고 일어났다. 내가 일어나니까 디에고가 집에 데려다준다고 했다. 우리는 손을 잡고 걸었다. 여전히 꿈을 꾸는 것 같고 부끄러웠다. 집에 들어가서도 디에고에게 전화를 했고 우리는 3시간 동안 통화를 했다. 역시 연애는 정말이지 짜릿했다.

3개월 후…

우리는 학교 공식 커플이 되었다. 나와 디에고가 사귄다는 소식을 듣고 여러 여자아이들이 울었다. 디에고와 사귀는 초반에는 여자애들에게 많은 괴롭힘을 당했지만 디에고가 그 여자애들에게 한마디 해준 이후로는 괴롭히지 않았다. 스페인에 온 지 3개월이 지나니 스페인어가 정말 많이 늘었다. 역시 그 나라 언어를 배우고 싶으면 그 나라에 가서 사는 게 정말 좋은 방법인 것 같다. 한 달 뒤에 중간고사여서 디에고와 도서관 데이트를 자주 했다. 중간고사 성적은 나를 더욱 기쁘게 했다. 나는 전교 1등, 디에고는 전교 2등. 우리는 선생님들께도 사랑을 받는 커플이 되었다.

아, 그리고 셀레나도 요즘 연애를 하기 시작했다. 셀레나에 남자친구는 디에고의 절친인 후안이었다. 후안은 미식축구부 부주장이었다. 후안도 학교에서 인기 있는 아이였다. 셀레나는 나와 달리 여자애들에게 괴롭힘을 당하려고 하면 두 배로 갚아주었다. 우리는 더블데이트도 자주 하였다.

스페인으로 유학을 온 뒤 정말 많은 일들이 있었다. 그 많은 일들이 다 좋은 일들이어서 더 좋았다. 나는 원래 스페인에서 2년만 있다가 다시 한국으로 돌아가려고 했는데 스페인이 너무 좋아서 2년 뒤에 한국으로 돌아갈지 현재로썬 나도 잘 모르겠다. 지금 나는 너무 행복하니까.

원수를 사랑하라

김영성

이름(직급)	성격	특징	기타
주인공	냉철하고 긍정적	26살에서 17살이 됨	생각과 걱정이 많음
한여우	활달하고 밝음	가끔 이중적인 모습	장난을 자주 침
이설	차분함	생각이 많음	최정아 중학교 동창
최정아	배려심 많음	맡은 일을 잘함	이설 중학교 동창
차한무 과장	감정의 폭이 큼	한여우를 좋아함	
주인공의 부모님	온화함	주인공을 많이 아낌	

1. 생각 정리

그 날도 평범한 직장인의 하루가 흘러가고 있었다. 모두가 같은 공간에서 같은 모니터, 컴퓨터, 마우스를 가지고 키보드를 때린다. 이 시간이 되면 어디선가 나타나서 아무도 궁금하지 않은 이야기보따리를 알아서 푸는 분들도 오늘은 조용히 앉아있었다. 평소답지 않은 이벤트였지만 다행이라 생각할 여유 따위는 내게 없었다. 불행히도 그때 내 이름이 크게 들려왔으니.

웃으며 얘기하던 팀원들은 어느새 자기 자리에 앉아 조용히 타자만 치고 있었다. 부장은 2회의실로 날 불렀고, 동시에 든 생각.

'아, 망했다. 2회의실이면 가망이 없는데.'

2회의실은 1회의실과 달리 의자가 3개뿐이다. 의자가 3개뿐이니 2회의실은 당연히 회의용 공간이 아니다. 슬프게도 높으신 분들이 인성교육 해주시는 공간.

부장과 2회의실로 들어간 지 3시간째. 부장은 아직도 열심히 떠들고 있고, 지금은 점심시간이 지난 2시. 덕분에 밥을 못 먹게 됐다. 그래도 가만히 부장 말을 들어보니 이번 프로젝트를 망친 한심한 대리가 나란다. 당최 뭔 소린지….

부장이 침묵을 유지하더니 "나가 봐"라며 날 내보냈다. 자리에 앉아서 여러 창을 켜놓고 혼자 탐정놀이를 했다. 난 저번 프로젝트에서 보조만 했다. 지금은 여름. 작년의 일을 말하진 않을 테니 봄 혹은 여름의 일이어야 하는데 내가 메인이 돼 준비하고 있는 건 아직 보고도 안 했기 때문이다. 저번 프로젝트 담당은 김 과장님과 나 차장님, 임하나 사원 그리고 여우.

부장이 너보다 늦게 들어온 사원인데 나이도 어린 게 후배한테 욕이나 한다, 후배의 질문에 대답을 그따위로 한다 그랬으니. 임하나 사원 혹은 한여우 사원 중 하나인데 둘 다 나에게 질문한 적이 극히 드물다. 둘에게 미움을 살 정도로 잘못한 게 있나 생각도 해보던 때 부장님이 있는 2회의실에 여우가 들어가더니 부장의 돌 같은 얼굴이 풀어져서는 둘이 팔짱을 끼고 나온다. 그리곤 여우가 내 옆에 다가왔다. 당장에라도 죽일 듯 쳐다보며 미소를 띠고 속삭이는 말.

“다음에는 친절히 대답해주세요, 대리님. 욕하면서 화내는 거 너무 무서워.”

그제야 생각났다. 한여우 사원. 이 회사에 들어온 지 1년 4개월 된 동갑내기 사원일 뿐 아니라 내 원수. 내 성격, 말투, 분위기, 습관 등이 싫어졌다며 멀어져 내가 그 기억을 묻을 정도로 너무 미워하는 아이. 그 아이였다, 한여우가. 소름이 돋았다. 3년 전부터 친한 듯 연락하다 어느 회사, 무슨 부서에 일하는지 묻곤 몇 번의 탈락 후 입사한 게 결국 저 아이의 계획일지도 모른단 생각이 들었다. 내가 알고 있는 한어우라변 이게 시작도 아니라는 걸 알고 있었기에 무서워지기까지 했다. 그러자 몇 년을 일한 공간이 일그러져 소리가 먹먹해졌고, 시계의 초침 소리만이 귀로 들어와 머리를 채우는 듯했다.

결국 일그러진 공간들이 나를 덮었을 때 기절했고 그대로 응급실에 실려 갔다. 깨어나자 부모님이 보였고 정말 싫어하는 아이의 계획에 의해 쓰러질 일만 남았다고 하자 그렇지 않을 거라고, 넌 이길 능력이 있다며 안아주셨다. 집에 가서 부모님과 함께 잘 때 엄마는 원수에게 좋은 일이 있길 기도하는 게 가장 좋지만 네가 상처받길 바라지 않는다며 네 맘 속에 원수를 품을 만큼의 공간이 생긴다면 그때 그 아일 품어주라고, 다 괜찮을 거니 너무 걱정 말라고 말씀하셨다. 대답할 수 없었다. 원수를 사랑하라는 말을 돌려서 하신 거니까. 그 말이 옳단 건 알고 있다지만 난 아직 모르겠다. 우리가 왜 멀어졌는지, 내가 잘못한 건 없는지, 원인도 모른 채 난 왜 너를 미워하고 있는지. 과거로 가서 알 수만 있다면 얼마나 좋을까 생각해봤지만 역시 말도 안 되는 생각이다.

2. 계획

아, 깨버렸다. 그 기억을 떠올리고도, 그 아이가 회사에 있어도 무슨 일이 있든 간에 출근은 해야겠지. 평소보다 더 넓어진 듯 나를 덮은 이불을 걷으며 일어났다. 옷장을 열고 옷을 입으려는데. 옷장을 메우고 있던 것은 정장이 아닌 유행 지난, 유치한 옷들뿐 이었다. 이때까지도 가구가 바뀐 줄 몰랐다. 핸드폰으로 검색을 해봤다. 그래 7월 12일. 은 맞는데 이게 무슨 일인지, 2020년이었다. 이때는 내가 고등학생이던 연도와 같은데? 이게 무슨 일이야.

그래, 침착하자 침착. 아니 이런 상황에서 어떻게 침착할 수가 있겠어. 그래 침착하진 말고 정신이나 차리자. 나는 어제 부장한테 혼났고 그 이유가 한여우 그 원수였어. 쓰러졌었고, 부모님이 다독여주셨었지. 근데 내가 왜 여기있지? 보통 소설에선 누굴 만나지 않나? 돌아가고 싶냐고 묻고 말이야. 근데 이건 너무 현실성이 없잖아. 잠깐 아니지. 어차피 꿈인데 꿈에서 무슨 현실성 타령이야. 뭐든 가능한 꿈에서 뭐라고 현실성이 없겠어, 그치?

망했다. 이거 꿈이 아닌 거 같다. 꿈에서 잠을 자고 나니 3시간이 지나고, 내가 기억하지 못하고 있던 사람들의 모습이 생생히 보인다. 생각도 너무 뚜렷하다. 게임처럼 미션이 있는 것도 아니라 벗어날 방법은 없어 보인다. 도망칠 수 없다면 정면 돌파밖에 없는 거 아닐까? 사실 속이 울렁거리고 26살의 주인공은 어떻게 된 건지 걱정돼서 내가 제대로 생각하고 있는 건지, 이것도 내 상상인지 모르겠다. 하지만 할 수 있는 게 제대로 사는 거라면 이거라도 하련다.

일단 26의 머리로 공부를 다시 할 수 있다는 건 기회다. 한여우가 바라보지도 못할 정도로 높은 곳으로 가 다시는 그 아이의 계획에 쉽게 당하지도 않을 계획이다. 한여우와 나에게 무슨 일이 있었는지도 파헤칠 거고 후회해왔던 학업에도 열심히 집중할 거다. 복수도 생각해봤지만 별로다. 그 아일 깎아내리기보다는 내가 올라갈 거다. 그 아이에게 매달리지도 않을 거다.

3. 새로운 것들

당장 다음 주에 방학이 끝난다. 일기들로, SNS로, 연락하던 기록들로 고등학교 시절의 날 떠올려야 한다. 물론 서서히 과거의 모습보다 내 모습을 보여줘 갈 계획이다. 고등학교 2학년 때 그 아이와 멀어졌으니 시간이 많지는 않다. 기말고사는 12월 7일이니 9월에 준비해도 충분할 거다. 전까지는 학생의 신분으로서 누리는 최고의 행동. 친구들과 시간 보내기로 꽉 채워 행복할 예정이다. 전처럼 애매하게 놀지도, 공부에 집중하지도 못하며 보내지 않을 거다.

친구들과 재밌게 노느라 기말고사를 10월이 돼서야 준비하기 시작했지만 다행히도 평균 97이다. 2학년 때는 원수와 내게 무슨 일이 있었는지 알아가는 데 집중하려 하기에 2학년 기말고사를 준비할 계획이다. 3/6/9/11월에 있는 모의고사는 제대로 공부하는지 확인하는 용도이니 크게 신경 쓰지 않을 거다. 범위가 어딘지 모르니 일단 모든 교과를 정리했다. 3달 정도 잡고 교과서 내용을 정리했다. 3월 모의고사도 무사히 마쳤으니 이제 원수의 일에 신경 쓸 수 있다. 여우와 멀어졌던 게 첫눈이 내렸을 때니 7월 중반까지는 3학년 내용을 정리해 놓을 거다. 시간이 남으면 컴퓨터 자격증이나 토익을 준비할 계획이다.

2021년 4월. 몇 개월을 한여우와 함께 했지만 여전히 한여우가 편하진 않다. 함께 수업을 듣고, 밥을 먹고, 공부하지만 부장님과 팔짱을 끼곤 웃는 그 모습이 계속 겹쳐 보인다. 장난으로라도 인공이 욕하는 거 너무 무서워~ 라고 하면 웃을 수가 없다. 순수한 아이의 모습이라고 생각하며 몇 번이나 괜찮다 다독이지만 아직은 시간이 필요한 것 같다. 26살이라고 다 큰 건 아닌가 보다.

일 났다. 내가 과거로 와서 시험을 잘 본 걸로 과거가 아니 현재가 바뀔 수 있다는 건 알고 있었지만 너무 바뀐 것 같다. 저번에는 여우와 싸우기 싫다는 명목으로 내가 여우의 잘못을 눈감았고 잘못된 걸, 상처받은 걸 말하지 않아 한 번도 싸우지 않던 우리가 결국 여우의 갑작스러운 큰 화에 내가 여지껏 쌓였던 것들을 풀어내며 멀어지고 여우가 끔찍한 고등학교 생활을 안겨준 것으로 우리의 관계가 끝맺어졌었다. 그런데 여우가 내게 화를 냈다. 물론 크게 싸운 것은 아니다. 나는 화를 내지 않았고 변명하기 급급했고 여우는 내가 싫은 게 아니라 자기에게 거리를 두는 것이, 단점을 단점이라 말하지 않는 것이 싫다며 화를 낸 것이었다. 난 우리가 싸우는 게 싫어서였다고 말했지만 여우의 화는 풀리지 않았고 우린 내가 이곳에 온 이후 처음으로 따로 하교했다.

혼자서 하교하는 건 얼마든지 해온 거였기에 괜찮을 거라 생각했지만 아니었다. 여우와 함께 집으로 가며 하던 별 영양가 없는 대화들이 생각났다. 생각을 펼쳐보니 둘이 있을 땐 내가 먼저 말을 꺼냈던 적이 극히 드물었다. 주로 여우가 말을 걸어 대답을 하거나 그마저 어색하다 싶으면 노래를 같이 듣곤 했다. 당장 내일 여우에게 뭐라 말할지 생각해내야 하는데 계속 모습만 보였다. 이어폰을 하나씩 나눠 멀리 떨어지지도 못한 채로 어색하게 걷는 모습, 먹을 걸 나눠 먹어서 볼이 빵빵해진 모습, 웃다가 눈물이 나서 놀리던 모습, 같이 불만을 애기하며 공감하던 모습이 떠올랐다. 이제야 조금씩 친해져 가고 있다 생각했는데 여우는 너무 오래 기다렸었나 보다. 고등학교 1학년 때부터 같이 다녔는데 1년 넘게 이런 모습을 보였으니 그럴 만도 하다 생각했다.

집으로 가서 아직 마치지 못한 생각들을 정리했다. 내가 아는 이곳에서의 여우는 후에 무슨 일이 생겨서 책임을 져야 한다고 해도 잘못은 말해야 했고, 생일이나 약속을 종종 까먹고, 친한 이와 그렇지 않은 이에 대한 구분이 확실했다. 26살 한여우 사원에게는 이중적인 모습이 종종 보였지만 여기선 딱히 그렇지 않았다. 아까 여우가 내게 속상하다고 말을 꺼냈던 것은 거리를 두는 것, 단점을 말하지 않는 것이었다. 다른 아이에게 말하지도 않았고 생각의 흔적을 남기는 걸 좋아하지도 않는데 왜 그런 생각을 한 걸까. 잠에 들기 전까지 생각했고 생각했다. 과연 내일은 여우와 어제처럼 지낼 수 있을지 고민했다.

4. 한여우

“미안해”

학교에서 여우를 만나자마자 손을 잡고 한 말이다. 여우는 어제처럼 화가 나지도, 26살 한여우처럼 죽일 듯 노려보지도 않았다. 그러나 18살 여우처럼 부드럽게 날 봐주지도 않았다. 그리고 3초간의 정적. 여우가 입을 열어 말하려 할 때 불행히도 여우를 찾는 방송이 들렸고 여우는 의자에서 일어나 그대로 내 손을 밀고 가버렸다. 여우는 2교시가 돼서야 교실로 돌아왔고 배탈이 났는지 보건실에서 있게 되는 바람에 점심시간에도 말할 시간이 없었다.

친구들과 함께 보건실로 와준 여우는 조용히 누워있는 내 눈을 쳐다봤고 우리가 싸운지 모르는 친구들은 하교 후 떡볶이나 먹으러 가자고 했다. 여우가 싫어할 거 같아서 난 오늘 안 된다고 말했다. 그런데 여우가 26살의 한여우처럼 어느새 평소의 눈빛으로 바꾸더니 나를 보며 이렇게 말하곤 곧 교실로 돌아갔다.

"거짓말! 너 학원도 안 다니잖아, 같이 가자 인공~ 아프지 말구 같이 하교!"

얼떨결에 여우와 시간을 보낼 수 있게 됐다. 여우 덕에 얻은 기회인 만큼 여우에게 미안하기도 하고 고맙기도 했다. 수업이 끝나고 친구들과 함께 피자를 먹고 카페에 갔다가 각자 집으로 갔다. 여우와 같은 아파트에 살아서 같이 집으로 가는데 2020년 7월보다 더 어색했던 것 같다. 언제 말을 걸지 눈치를 보다가 아파트 정문에 도착해버렸다. 순간 멈칫하자 여우도 멈추며 나를 봤다. 그제야 말을 꺼낼 수 있었다.

"혹시 바쁘지 않으면 놀이터에서 내가 하는 말 들어줄래?"

여우는 조용히 고개를 끄덕였고 놀이터에 가서 벤치 옆에 가방을 내려놨다. 여우도 내 옆에 앉았다. 여우에게 미안하다는 말을 시작으로 기억 속에 너와 너무 닮은 아이가 나를 심하게 대했다며 그게 네가 아님에도 너를 불편하게 해서, 싸우기 싫다는 걸 핑계로 문제를 해결하는 게 아닌 문제를 회피하려 해서 미안하다고 말했다. 고개를 숙여 모래를 보던 여우가 나를 보며 말했다.

"나도 미안해. 너한텐 갑자기일지, 네가 무슨 상황인지 몰랐어."

서로가 용서해줄게라는 말 대신 싱긋 웃어 보이며 서로를 안아줬다. 내가 미워하는 건 나를 괴롭혔던 한여우이지 지금의 여우는 내게 잘못한 것도 없고, 내게 해를 가한 적도 없다. 한여우는 사과하면 진다고 생각하지만 18살 한여우는 사과하는 게 진다고 생각하지 않았다. 그날은 여우와 별을 보다 집에 갔다.

12월이 됐다.

여우와는 계속 친하게 지내고 있다. 1년 전 내 다짐과 달리 여우는 내가 딱히 잡아줄 틀이 없었다. 오히려 내가 배웠다. 싸움을 피하려 잘못된 것을 회피하는 것은 안 좋은 방법이라는 것, 한 사람을 잘 알고 있다고 생각하는 것은 크나큰 착각이라는 것. 살아오며 다채롭게 칠해진 한 사람의 한 색만 봤을 뿐인데 전체가 같은 색이라고 착각하지 않아야 한다는 것을 배웠다. 여우와 멀어진 건 첫눈이 내리는 12월 22일이지만 더 이상 날짜로 예측하는 건 멈추기로 했다. 현재와 미래는 언제든지 바뀔 수 있는 것이니까.

12월 31일이 됐다.

내일이면 다시 한 번 고등학교 3학년이 되고, 여우와 멀어지지 않게 된 아예 새로운 과거를 쓰는 연도가 될 것이다. 처음엔 사회생활에서 얻은 화법도 적당히 섞어주며 절대 져주지 않을 생각이었다. 즉 복수 같은 시간 낭비보다 내 발전에 중점을 두고 그 아이가 내게 주는 피해를 막으려 적당히 친분만 유지할 계획이 내겐 있었다. 그런데 어느새 내가 배움을 얻게 됐고 혹여 배신당할까 하지 않던 내 이야기를 진지하게 들어주며 안아주는 아이가 눈에 들어왔다. 해서 점점 사라져 가는 26살의 내 기억들을 더 이상 붙잡지 않으려 한다. 그 원수의 이중적인 모습에 속지 않으려고, 정신 차리고 내 목표에 도달하려고 적어놨던 그 아이의 괴롭힘을 지우려고 한다.

오후에 여우를 만났다.

도란도란 싸웠던 얘기, 장난치던 얘기를 하다 2021년과 함께 과거에 두고 가고픈, 잊고 싶은 얘기를 뱉고 2022년을 맞자고 말했다. 여우는 12월에 자신을 힘들게 했던 가정의 얘기, 우울, 의심 같은 감정을 얘기했고 나는 누군가를 닮은 아이가 나를 힘들게 했던 이야기를 했다. 평소와 달리 조용했고 웃지 않아도 시야가 흐려졌다. 그래도 행복했다. 누군가와 슬픔을 나눌 수 있다는 게 행복했고 내 원수가 원수가 아니게 됨에 행복했다.

5. 마지막

행복하게 맞게 된 2022년은 우리들에게 수능이라는 시험을 안겨줬다. 수능으로 예민해져서인지 하루에 몇 번이고 싸웠지만 누구랄 것 없이 먼저 사과하고 서로의 시험을 응원해 큰 위기는 없었다. 수능이 끝나고 같이 저녁을 먹기로 한 우리는 각자의 부모님과 함께 고기를 썰었다. 부모님들께선 우리끼리 있을 시간을 배려해주셨고 식후 고등학교를 지나 집으로 갔다. 12년 동안 이 시험을 위해 공부했던 거 같다며 허무해 했다가 후련함을 느끼며 홀가분해 했다. 여느 고등학교 3학년처럼.

그 후로 수능이 끝나도 가야 했던 고등학교에서 재미나게 놀다가 대학 합격 여부를 보며 환호하고 위로했다. 여우와는 같은 지역이지만 다른 대학교에 가게 됐다. 만족스러운 결과였기에 후회는 하지 않았다.

이래저래 행복한 일만 있다가 졸업식이 다가왔다. 몇 년을 함께한 이들과 헤어진다는 것이 아쉬웠고 이 많은 인원이 한 날 모이는 것이 어렵다는 것을 알기에 더 아쉬웠다. 그래도 웃으며 노래를 불렀고 꽃다발을 받고, 누구보다 열정적으로 친구들과 함께 사진을 찍었다. 단체 사진도 20장은 넘게 찍었다. 선생님들과도 사진을 찍어 남겼다.

졸업식이 끝나곤 가족들과 저녁을 먹기로 하고 친구들과는 다음날 놀이동산에 가서 하루종일 놀기로 했다. 집엔 여우와 함께 다니던 친구들과 같이 가기로 했다. 마지막이라 생각하니 아쉬워 그토록 싫어하던 교실에 들어갔다. 어색할 만큼 조용했고 차분했다. 고마웠다 한마디를 남기곤 하굣길에서 보이는 건물들에 우리 모습을 추억했다. 행복했던 그때 그 모습을 따라 하며 사진을 찍었다. 결국 편의점에선 음식을 먹다 울어버렸다.

그 후로도 대학 입학 전까지 고등학교 친구들과 시간을 보냈다. 소소했고 큰 이벤트도 없었지만 행복했으니 됐다. 대학 생활을 하게 된 우리들은 자연스레 조금씩 멀어졌고 여우나 같이 다니던 설이, 정아에게만 연락하게 됐다. 대학이 우리에게 시련을 줘도 서로 의지해서 어찌어찌 잘 넘겼다. 나는 편입을 하기로 결정해 SAT와 GPA를 준비했다. 어렵긴 했지만 덕분에 해외의 대학교 생활이라는 로망을 이뤘다. 한국이 그리울 때가 더러 있었지만 여러 배움을 얻었고 매년 명절마다 친구들을 만나 크게 어려움은 없었다.

여우와 설이는 장래에 대한 고민으로 휴학 후 내가 있는 캘리포니아로 왔고 서로 힘듦을 다듬어주면서 괜찮다고 위로해줬다. 둘은 약 1년 5개월, 2년의 시간으로 장래에 대한 고민이 사라지자 한국으로 돌아가 대학 생활을 하다 곧 취직을 준비했다. 그리고 나는 마케팅 부서에서 일하면서 취직에 성공했다. 전과는 전혀 다른 삶을 살게 됐지만 만족스러운 결과였다.

나의 26살이 이렇게 끝났으면 좋았겠지만 현실은 그렇지 않았다. 한국에서 무슨 일이 있었던 것인지 여우는 하루에 3시간 동안 내게 힘든 일들을 하소연하며 3주나 나를 한국으로 계속 불렀고 그저 평소 짓궂은 장난을 치던 여우의 장난으로 여겼다. 나중엔 귀찮은 나머지 이번 주엔 못 가라는 딱딱한 내용의 연락만 했다. 내가 정신을 차렸던 건 그 메시지가 2달 정도 반복된 시점이었다. 여우에게 다음 주에 휴가를 내고 가겠다 연락을 했지만 여우는 읽지 않았다.

주말에 비행기를 타고 한국으로 갔다. 한국에 도착하자 여우에게 긴 메시지 두 개가 와 있었다. 읽어 보니 힘든 시기에 나를 찾았었고 그 시기에 난 귀찮다고 딱딱한 메시지만 보냈던 거다. 아무리 일이 바쁘다고 해도 그렇게 답장하는 게 아니었고 통화하며 힘든 일들만 나열하는 여우에게 계속 위로해줬어야 했다. 여우와 전화해 만나기로 약속했고 여우는 내일 다시 연락하겠다 했다. 그리고 만나기로 했던 다음날. 여우는 약속 시간을 말하지 않았고 난 10시까지 연락을 하다 다음날 전화할 테니 받아주라고 말했다.

여우는 알겠다 답했고 정말로 다음날 전화를 받았다. 전화를 받자 내가 한 말은 만나서 얘기해주면 안 되겠냐였다. 여우는 지금 얼굴 보면 화낼 거라며 전화로 하자 했다. 여우는 성격 차이가 너무 심하지 않냐며 멀어지자고, 둘이 보지 말고 반 애들이 모였을 때나 보자고 말했다. 이번 일 때문에 멀어지는 거라면 내가 정말 할 말 없이 내 잘못이 맞다고, 그러지 않겠다 했지만 여우는 이미 내가 잡을 수 있는 거리가 아니었다. 그렇게 몇 년의 노력은 무너졌다.

행복하게 지냈던 시절이 떠올라서, 둘이서만 웃던 때가 떠올랐다. 눈물조차 나지 않았다. 그냥 공허했다. 행복한 몇 년이 있었어도 한 번의 실수로 멀어지는 것이 너무 슬펐다. 내가 아이의 전화를 진심으로 받아줬다면 바뀌었을까, 내가 그 아이와 성격을 비슷하게 맞췄더라면 바뀌었을까 후회스러웠다. 그때 문득 떠올린 것은 여우가 어머니께 전화해 내 성격이 별로라고 조금씩 멀어져 가는 것 같다고 했던 것. 그냥 하는 말이라고 왜 생각했을까. 26년간 쌓아온 결과가 성격인데 그걸 싫다고 해서 화를 냈던 건 왜였을까.

여우는 하고 싶은 말을 하던 내게 자기의 말을 했다. 그렇게 화를 내고 욕을 하는 여우는 처음 봤다. 전에 일을 꺼내며 그냥 네가 좀 들어주면 안 됐냐는 얘기에 이기적이라 생각돼 여우가 미웠다. 여우만 잘못한 게 아니었지만 말이다. 그리고 그렇게 말을 심하게 한다 생각하면서도 여우가 사고를 당한다면, 생사를 넘나든다면 너무 크게 울 거 같았다. 그렇게 밉고 미안하면서도 내가 널 원수라고 생각할 수 있을까? 너는 내게 나는 너에게 뭘까, 여우야?

여우야 내가 너에게 사과할 수 있을까? 아니, 사과해도 괜찮을까?

내가 지금 바라는 건 언젠가 너와 다시 웃는 날이 왔으면 좋겠다는 거야. 내가 그 날을 만들기 전까지만 나를 기억해 주지 않을래? 내가 착각했던 거 같아. 내가 뭐라고 너를 용서하려 했고 너의 방향을 잡아주려 했을까. 사람은 다 이렇게 실수하는 게 맞을까? 네가 그렇게 내! 욕을 하고 친구들에게도 나쁘게 말해도 너를 원수라 불러도 되는 거야? 화해하고 행복하게 사는 건 둘 다 무리라는 걸 알아. 몇 개월을 싸우면서 마음에 칼자국을 냈으니까. 그래도 친구로라도 지내는 건 무리인 거야? 나한테 마지막으로 대답해줘 여우야, 내 9년 친구 여우야.

"친구는 아니니까 원수."

여우는 내 말에 이 한마디를 던지고는 나를 차단했다. 언젠가 네가 내게 얘기해 줄 때까지 내가 우정이라는 끈을 놓지 않을게. 그러니까 나를 잊지 말아 줄래? 이제야 저번의 여우도, 지금의 여우도 사랑해 줄 수 있을 만큼 나를 비웠는데 제일 중요한 한여우 네가 없어. 내가 원수의 의미를 바꿔 놓을게. 편안함을 원한다는 뜻으로 바꿀 테니까 내 원수가 돼줘. 미안하고, 고마워 사랑하는 원수야.

사랑의 시그널

이나경

	[최하림] 율의 절친 겸, 단원을 좋아하고 있다.
	[유가영] 단원의 약혼자이다.
	[강단원] 겉으론 차갑지만, 속마음은 누구보다 따뜻하다.
	[조율] 가난이라는 환경 속에서도 누구보다도 씩씩하다.

1. 낯설지 않은 남자

[여주와 남주의 전생]

1912년 어느 시끌벅적한 시장

"이것 좀 보고 가세요!"

소녀인 나는 어머니와 함께 장사를 하고 있었다.

"율아, 힘들지? 미안해. 가서 놀고 싶을 텐데…."

"에이, 엄마! 나는 물건 파는 게 더 재밌어!"

오늘도 나와 어머니는 힘을 내본다. 나는 어린 나이에 아버지를 떠나보내고 어머니와 둘이 장사를 하고 있다. 가정형편도 그리 좋은 편은 아니었다.

"어서 오세요."

"꺄악!"

"어이, 아줌마! 지금 며칠이 지났는지 알아?"

갑자기 왈패들이 찾아와 난장판을 만들어놨다. 어머니는 나를 지켜주었고 싹싹 빌며 말했다.

"지금 가진 돈이 얼마 없어요. 일단 이거라도 받으세요."

"됐고, 빚진 돈이나 가져오라고, 아줌마!"

왈패들은 주변에 있는 물건들을 부쉈다.

그때 한 남자가 찾아왔다.

“이보게!”

“넌 또… 헉! 도… 도련님!”

‘도련님?’ 고개를 들어보니 예쁘장하게 생긴 남자가 서 있었다.

‘저분이 여기서 잘나간다는 도련님?’

“무슨 일인가?”

“그게 이분이 도… 돈을 안 갚아서….”

“그래서 이 난리를 치러 왔다?”

도련님은 엉망이 된 안을 쭉 훑어보았다.

“오늘은 이쯤하고 이만 가지그래.”

왈패들이 뭔가 못마땅한 표정을 짓더니 “아줌마, 3일이야”라는 말만 남기고 떠났다.

어느 정도 진정이 되고 주변을 살피니 사람들이 구경 온 거마냥 우리를 보고 있었다.

“괜찮으십니까?”

“덕분에… 감사합니다.”

어머니는 무릎을 꿇고 싹싹 빌며 말했다.

자식으로서 어머니가 무릎을 꿇는 걸 보는 건 기분이 좋지 않았다.

“아닙니다, 일어나세요.”

어머니는 꼭두각시라도 된 듯 그 남자 말에 복종했다.

‘기분 나빠. 저 남자가 뭐라고…?’

“너도 빨리 인사드려!”

나는 어머니의 말에 고개만 숙였다.

“너와 할 말이 있다, 시간 좀 내주겠니?”

‘나? 나를 왜?’

어리둥절한 표정을 짓고 있으니 어머니가 더 난리였다.

“근데, 얘가! 도련님 기다리시잖아!”

어머니 말에 도련님과 둘이 장터 구경을 나가긴 했지만….

“저기… 저를 왜?”

“니가 맘에 들었다.”

“……?”

‘그래서 어쩌라는…?’

“내 사람이 되어주지 않으련?”

“아니… 그래도 이렇게 갑자기… 소녀는 불과 몇 분 전에 봤지 않습니까?”

“첫눈에 반했다.”

‘우웩.’

“그래도….”

“그럼 딱 나흘만 만나보는 건 어떠냐?”

“아… 알겠으니까 저 가봐야 해서요. 안녕히 가세요!”

그렇게 도련님과 헤어졌다.

그리고 앞으로 큰 시련이 닥쳐올 것을 그땐 미처 몰랐다.

[2019년 현재]

“흐읍… 하아….”

요즘 잠자리마다 식은땀을 흘리며 얕은 신음을 내뱉는다.

“하아… 또 이 꿈이네.”

뒤척이다 잠에서 깨면 시계는 항상 새벽을 가리키고 있었다. 그렇게 잠을 자기 위해 다시 눈을 감았다. 다음 날이 되고, 평소대로 학교에 갈 준비를 하려고 있었다.

옷장에서 교복을 꺼내려던 순간 깨달았다.

‘아, 오늘부터 다른 교복이지.’

나는 엄마가 갑자기 직장을 옮겨서 전학을 오게 되었다.

“조율~ 밥 차려놨어, 꼭 먹고 가~”

이전 학교에서는 좋은 친구들을 많이 사귀었는데 한순간에 외톨이가 되었다고 생각하니 저절로 표정이 어두워졌다. 엄마는 나의 얼굴을 볼 틈도 없이 회사로 출근했고, 나는 오늘도 혼자 밥을 먹는다. 밥을 먹다 팔에 조그마한 상처를 발견했다.

“상천가? 희한하네.”

나는 언제 다쳤나 보다 하고 대수롭지 않게 넘겼다. 좀처럼 힘이 없던 나는 밥을 깨작깨작 먹으며 시계를 보니 어느덧 8시 10분을 가리키고 있었다.

그때 깨달았다. 첫날부터 지각이란 걸.

내 집과 학교는 30분 거리여서 느긋하게 걸어서 가면 지각의 위험이 있었다. 학교를 향해 전력질주로 달렸고 교문 앞에서 시계를 보니 역시 지각이란 걸 알 수 있었다. 교문으로 조심스레 발을 들였고 교무실로 향했다. 하지만 전학 첫날이라 교무실이 어딘지 알 수 없었다. 그때 옆으로 한 남학생이 지나가고 있었다.

"저기 여기 교무실이 어디예요?"

남학생은 황당한 표정을 잠시 지었고 이내 내게 말을 건넸다.

"2층 중앙."

"아, 감사합니다."

나는 그 남학생이 알려준 대로 2층으로 올라갔다. 아까 그 남학생의 말투는 썩 마음에 들지 않았다. 그 일은 잠시 잊고 교무실에 도착했다. 교무실 문을 여니 많은 선생님들이 계셨다. 어느 선생님에게로 갈지 몰라 교무실 안에서 잠시 기다렸다. 이내 어떤 사람이 나에게 다가왔다.

"네가 전학 오기로 한 조율 맞지?"

"네."

"만나서 반갑고 일단은 같이 교실로 가자."

선생님을 따라 교실에 가니 아이들이 시끄럽게 놀고 있었다. 여자애들은 화장과 고데기를 사용해 머리를 하고 있었고, 남자애들은 어제 한 게임 이야기를 하고 있었다.

"여기서 기다렸다가 선생님이 부르면 들어와."

나는 드라마에서나 웹툰에서 이해가 안 가는 부분이 있다. 전학생이 오면 밖에서 기다리다가 선생님이 부르면 들어가고, 들어가면 아이들 시선이 다 전학생에게로 쏠리는 것, 그게 이해가 안 가고 무척 싫었다.

"왜 이렇게 다들 시끄럽냐?"

"쌤, 아침부터 활기찬 거라고 해주세요."

"쌤이 전학생 소개건데 들을래, 아님 계속 떠들래?"

전학생이란 말에 떠드는 소리는 점점 줄어들었다.

"율아, 들어와!"

교실로 들어가는 순간 애들의 시선은 다 나에게로 향했고 나는 고개를 숙이고 최대한 빨리 들어갔다.

"율이가 소개할래?"

'쌤 제발' 속으로 경고음을 울리던 나의 마음을 들어줬는지 선생님은 나에 대해서 아이들에게 얘기하셨다.

"음… 일단 저 맨 끝자리에 가서 앉아."

선생님은 맨 끝자리를 가리키셨고, 선생님이 가리키시는 자리를 보니 옆자리에 아까 봤던 남자애가 앉아 있었다.

나는 나한테 쏠리는 시선들을 뚫고 뚜벅뚜벅 걸어가 자리에 앉았다. 왠지 모르겠지만 자리에 앉아 주위를 둘러보니 모두들 수군덕거리고 있었다.

"궁금한 건 쉬는 시간에 물어보고."

쉬는 시간을 울리는 종이 쳤고, 선생님은 책을 정리해서 나가셨다. 선생님이 나가시자마자 애들은 금세 시끄러워졌다.

2. 마음의 혼란

[2019년 현재]

"저기…."

이쁘게 생긴 한 여학생이 나에게 말을 걸었다.

"너 조율 맞지?"

"어, 맞는데?"

그 아이의 말을 들어보니 나와 이전 학교에서 같이 지내던 친구의 짱친이었다나 뭐라나.

"그래? 너 이름이 뭐야?"

"아, 나는 유가영!"

"아… 근데 내 이름은 어떻게 알았어?"

"걔가 네 얘기 많이 하던데?"

"아, 그래?"

내 얘기를 한다던 그 친구는 사실 나를 심하게 괴롭히던 아이였다.

"아 참, 너 옆지리에 앉아 있는 남자애 알이?"

대뜸 내 귀에 속삭이며 내 옆에 있는 남자앨 아느냐고 물었다.

"아니. 누군데?"

예의상 누구냐고 물어봐야 할 것 같았다.

뜸을 들이더니 이내 나에게 속삭이며 말했다.

"나하고 곧 결혼할지도 몰라."

"너 아직 고등학생이잖아."

"고3 끝나고 엄마가 결혼시킨대."

"아 그렇구나."

"아 맞다, 우리 1교시 체육인데 미리 나가자."

"그래."

그 아이의 지극히 사적인 얘기를 들을 생각도 없었던 나는 대충 맞장구를 쳐 주었다. 그리고 가영과 나는 체육을 하기 위해 강당으로 갔다.

준비운동을 마치고 선생님은 피구를 한다고 하셨다.

"쌤이 깜빡하고 공을 안 가져와서 그러는데 가서 공 가져올 사람?"

'깜빡할 게 따로 있지…' 나는 속으로 중얼거린다.

"오늘 전학생 왔다고 들었는데 전학생이 갔다 올까?"

나는 원치 않았지만 대답을 하고 공이 있는 창고 쪽으로 갔다. 창고 안으로 들어가니 아까 그 남학생이 있었고 무언가를 찾고 있는 듯했다. 나는 공이 들어있는 바구니를 발견했다. 하지만 공이 너무 많이 들어있어서 무게가 꽤 나갔다.

“줘 봐.”

“아 아니야. 내가 들게.”

내 말을 무시한 채 그 아이는 바구니를 번쩍 들어 밖으로 나갔다.

‘생각보다 좋은 앤데.’

“야, 한쪽 잡아.”

‘좋은 애는 개뿔… 말을 꼭 거지같이 하네.’

“이야~ 전학생이랑 반장 사이 좋은데?”

선생님은 나와 남자애의 사이가 좋다고 했지만 하나도 좋지 않았다. 선생님은 본격적으로 수업을 진행하셨고 우리는 선생님의 지시에 따라 피구를 했다. 두 팀으로 갈라졌고 나는 남자애와 같은 팀이어서 슬쩍 말을 걸었다.

“저기, 내가 니 이름을 모르더라고. 이름이 뭐야?”

“…….”

‘왜 그러지? 알려주기 싫은가?’

“…왜?”

“아니, 내가 아는 애랑 비슷하게 생겨서.”

“아… 그래? 강단원.”

“응?”

“내 이름.”

“아… 고마워.”

하지만 강단원이라는 이름을 듣자마자 흠칫했다.

그렇게 피구는 시작됐고 반 아이들은 피구에 목숨이라도 걸었는지 다들 열심히 피구를 했다. 어찌어찌하여 피구가 끝나고 선생님이 자유시간을 주셔서 나는 가영과 함께 수다를 떨었다.

“우리 단원이 어때? 잘 생겼지?”

‘우… 리… 단원이?’ 당장에라도 토를 하고 싶을 지경이었다.

“으응, 잘 생겼더라.”

내가 왜 거짓말을 했는지는 모르겠지만 가영과 이런 저런 얘기를 나누다 보니 체육시간이 끝났다.

“조율, 나와 봐.”

가영과 함께 교실에 들어와 다음 수업을 준비하고 있을 무렵, 단원이 갑자기 나를 불러냈다.

“나? 가영아, 나 다녀올게.”

“난 한 번도 부른 적 없으면서….”

가영의 마음을 못 들은 체 밖으로 나갔다.

“우리 어디서 보지 않았어?”

이게 대뜸 무슨 소린가.

“뭐?”

“잠시만.”

단원이 갑자기 내 팔을 걷었다.

“뭐… 뭐하는 거야!”

“이 상처… 본 적 있는데….”

대체 어디서 봤길래… 잠시만… 나도 본 것 같아.

"혹시…?"

"단원아!"

갑자기 끼어든 저 여자애는 단원을 짝사랑하고 있다. 성격도 활발하고 얼굴도 예뻤다. 이름이 뭐더라, 최하… 그래, 최하림!

"단원아~ 아까 쌤이 찾던데."

"나? 알았어."

"조율, 진지하게 생각해봐."

단원은 그 말만 남기고 교무실로 향했다. 나도 반으로 가려던 그때.

"율아!"

"나? 왜?"

"단원이가 너한테 뭘 생각해보래?"

"아… 그게…."

"잘 알아듣게 생겼으니까 말할게. 혹시 단원이 좋아하면 포기해."

하림도 그렇게 떠났다. 아니 뭔… 자기 할 말만 하고 떠난대. 아무튼 내 팔에 있는 상처를 언제 봤다는 거야? 혹시…?

"벼… 변태는 아니겠고…."

어디선가 단원하고 상처를 본 것 같다.

[여주와 남주의 전생]

"나리! 귀한 분이 누추한 곳에 왜 자꾸 오십니까?"

오늘 장사는 유독 찾아오는 사람이 많았다.

허겁지겁 장사를 하고 있던 그때 어머니의 목소리가 들려 고개를 돌렸다.

"도련님…!"

나와 같은 나이로 보이는 한 남자와 도련님이 보였다.

"여긴 어쩐 일로…?"

"내가 말하지 않았느냐, 딱 나흘만 만나달라고."

"아, 예…."

'그렇다고 진짜로 찾아오냐. 사람 난처하게….'

"오늘은 물건이 좋네요, 어머님."

지금 누가 어머님이야! 내 속도 모르고 어머니는 소녀처럼 부끄러워하셨다.

'왜 저러신대…?'

"잠깐 이 아이 좀 빌려 가도 되겠는지요?"

'내가 물건이라는 거야 뭐야?' 어머니는 당연히 그렇게 하라고 했다.

'이 쉬운 사람.' 그렇게 난 도련님과 함께 걸었다.

"저, 도련님…."

"왜 그러느냐?"

"왜 저같이 못난 애를 왜…?"

"누가 그러느냐? 난 네가 좋다."

"……."

"참, 지금까지 이름도 몰랐네. 이름이 무엇이냐?"

"조율입니다."

"율? 예쁜 이름이구나, 난 단원이다."

"앗… 네."

'후, 집에 가고 싶다.' 그렇게 나만 지겨운 데이트를 끝냈다.

"저 그럼 들어가 보겠습니다."

"오늘 즐거웠다."

"아, 네. 근데 도련님!"

"왜 그러느냐?"

"옆에 계신 남자분은 누구세요? 아까부터 계속 쫓아다니는데 이상한 사람 아니에요?"

"이상한 사람이 아니라 내 오랜 벗이다."

"벗이요?"

"그래."

'음~ 저 싸가지… 아니, 성격이 좀 유별난 사람에게도 벗이 있었다니, 좀 놀랍네.'

"아, 벗이구나."

"왜 그러느냐?"

"아, 아닙니다! 그럼 들어가 보겠습니다."

"그래, 오늘 재미있었다."

그렇게 도련님과 헤어졌고 난 집에 왔다.

"어떻게 됐어? 도련님은? 잘 만났고?"

어째 어머니가 더 호들갑인지? 나는 피곤해서 대충 대답했다.

“아 어머니, 오늘 장사 왜 이렇게 일찍 끝냈대요?”

어머니는 쭈뼛쭈뼛 나에게 얘기하셨다.

“그게… 돈을 싹 다 갚아주셨어.”

“돈을 다 갚아줬다니? 누가?”

“도련님이.”

“도련님이?”

[2019년 현재]

의문은 풀리지 않은 채 어느덧 일주일이 지났다.

“꿈도 왜 내 맘대로 안 되냐고?”

난 다소 평범한 생활을 하는 중이었다. 친구도 좀 사귀고, 학교생활에 완전히 적응한 것 같았다. 아침에 일어나 방문을 열면 엄마의 그림자도 볼 수 없었다. 좀 외로웠지만 엄마가 이렇게 일찍 나가 일을 하니 내가 학교에 다니는 거겠지? 하고 생각했다. 평소대로 학교에 갔고, 복도를 걷던 나를 불러세 운 사람은 다름이 아니라 친구 하림이였다.

“나 불렀어?”

“지금 시간 있어? 같이 어디 좀 가자.”

“응? 있긴 한데….”

하림은 나를 데리고 어디론가 갔다.

아니 근데 왜 자기 맘대로… 아무튼 나는 하림을 따라 어디론가 갔다.

"아이스크림 좋아해?"

하림이 데려간 곳은 매점이었다.

"아이스크림? 좋아하긴 하는데… 나보고 사라고?"

"아니, 너보다 사라고 널 데리고 왔겠냐?"

"음, 이거 좋아하지?"

하림은 내가 제일 좋아하는 아이스크림을 두 개 골랐다.

"고마워. 잘 먹을게!"

"……."

하림은 아이스크림을 먹지 않고 날 빤히 쳐다봤다. 부담스럽다. '돈 갚으라는 건가?'

"왜…?"

하림은 기다렸다는 듯 나에게 말했다.

"단원이랑 무슨 사이야?"

"그냥 한두 번 말해본 사이?"

"아니, 장난치지 말구~ 혹시 단원이랑 사귀진 않지?"

"사귀는 사이는 아니야!"

"그럼?"

그냥 좀 넘어가면 안 되나? 부담스럽다.

"어… 그냥 친구야, 친구!"

“진짜?”

“그러엄! 내가 왜 너한테 거짓말을 하겠냐!”

하림은 홀가분한 표정을 지으며 말했다.

“진짜 다행이다. 내가 강단원 좋아하거든….”

아니, 이게 뭔 소리? 강단원은 분명 가영하고 결혼한댔는데?

그럼 하림이는 모른다는 소리야? 오마이갓. 그때 불안한 예감은 틀리지 않았다.

“하… 하림아! 이만 우리 교실 갈까?”

“아직 다 못 먹었는데…. 가면서 먹지 뭐!”

하림이한텐 미안하지만 옆쪽에서 단원과 가영이 함께 매점으로 오고 있었다.

후… 다행이다.

수업이 끝나고 점심시간이 찾아왔다.

“하… 오늘 점심 뭐냐?”

“고기…. 고기가 없어?”

주변에서 점심시간만 기다리던 반 아이들의 소리가 들려왔다.

“율! 밥 먹을 거야?”

“아니, 오늘은 먹기가 싫네.”

“그럼 나 혼자 먹고 올게.”

“빨리 먹구 와.”

그렇게 나를 빼고 다 점심을 먹으러 교실을 빠져나갔다. 딱히 할

게 없어 책상에 엎드려 있는데 누군가가 나를 불렀다.

"벌써 밥 먹었어?"

고개를 드니 바로 앞에 강단원이 서 있었다.

얘 바보 아냐? 점심시간 종 난 지 5분도 안 됐는데?

"아, 먹기 싫어서 안 먹으려고."

"그럼 나하고 매점 갈래?"

"어? 음 그래."

강단원과 유가영. 그리고 짝사랑 중인 최하림. 어우 모르겠다. 그렇게 나는 강단원과 매점으로 향했고, 가는 동안 어색할 줄 알았는데 단원이 친근하게 말을 걸어줬다. 얘가 보기보다 자상할지도 모르겠다. 우리는 매점에서 빵과 음료수를 사서 벤치에서 먹기로 했다.

"……."

"……."

이 어색한 이 공기를 어쩜 좋지? 먼저 말을 꺼낸 사람은 단원이였다.

"저… 조율, 가만있어 봐."

단원의 얼굴이 내 앞으로 가까이 왔다.

"응?"

"됐다."

알고 보니 단원은 내 머리에 붙어있는 나뭇잎을 떼 준 것이었다.

"엇… 이제 갈까?"

"벌써?"

"아, 나 교실에서 할 게 있어서!"

그러곤 냅다 뛰어갔다.

하… 내가 왜 이러지?

3. 비참하게 하지 마!

어느덧 점심시간이 끝나고 다음 수업은 미술 시간이라 미술실로 애들이 하나둘 오고 있었다. 저 멀리서 오고 있는 가영이 보였다. 어서 오라고 손짓을 하고 있었다. 가영이 미술실로 들어오자 내 옆에 앉으라고 의자를 가리켰다. 하지만 나를 못 봤는지 지나쳐 가 다른 자리에 앉았다.

"못 봤나?"

물어볼 게 있어 난 하림이 앉은 자리 쪽으로 갔다.

"저기…."

내가 다가가자 하림은 미술실 밖으로 나갔다.

'왜 피하지?'

그렇게 미술 수업이 끝날 무렵이다.

"자, 다음 시간에는 세 사람이 같이 무언가를 만들어 볼게."

그렇게 수업이 끝났다.

"세 사람이면 딱 되네!"

나는 하림, 가영과 같이할 생각에 먼저 교실로 하림에게 갔다.

"하림아!"

"……."

"왜 그래? 나 뭐 잘못했나?"

"저리 가."

"뭐?"

"길 막지 말고 저리 가라고."

하림은 나를 밀치고 제 갈 길을 갔다.

갑자기 왜 저러지?

아무리 생각해도 나 때문인 것 같아 말을 걸지 않았다.

다음 시간이 되고, 우리는 체육을 하러 강당으로 갔다. 강당에 들어서니 배드민턴 코트가 한 대 있었다.

"자, 안 온 사람 없지?"

수업을 하기 전에 준비체조부터 했다.

"오늘은 배드민턴 팀전을 할 거예요, 다들 몸에 이상 없지?"

배드민턴… 격렬하게 안 하고 싶다. 하지만 하림과 팀이 되면 얘기할 수 있잖아?

"하고 싶은 사람끼리 하면 좋겠지?"

그렇게 하고 싶은 사람들과 팀을 짜게 되었고, 내 짝은 하림, 상대

편은 같은 반 동우와 가영이다. 같이 하자고 하면 싫다고 할 줄 알았던 하림이 흔쾌히 허락했다.

삐익–

경기가 시작됐다. 상대편이 치는 족족 나에게 오는 공까지 하림이 낚아챘다.

“이제 내가 칠게.”

“쳐 보던가.”

얘, 왜 이렇게 얄미워졌냐?

공을 치려던 순간 하림이 갑자기 밀어서 나는 바닥으로 밀쳐나갔고, 반 아이들은 한순간에 웅성웅성해졌다.

“타임! 조율, 다쳤니?”

“아… 살짝 삐끗했나 봐요.”

“살짝이 아닌데? 누가 보건실 좀 데려가라!”

“쌤~ 제가 갈게요.”

갑자기 아이들 속에서 강단원이 나왔다.

“가자.”

단원은 나를 부축해 보건실로 향했다.

“앗, 따가워.”

우리는 보건실에 도착했고, 단원은 내 발목에 스프레이를 뿌려주었다.

“당분간은 조심히 다녀야겠다.”

“아… 고마워.”

단원은 의료기기들을 정리하고 내 옆에 앉았다. 그리고 우리에겐 정적만 흘렀다.

“안 가봐도 돼?”

“어차피 지금 가도 종 칠걸?”

“아, 그래?”

진짜 숨이 턱 막힌다.

“…저….”

단원이 말을 꺼내자마자 종이 울렸다.

“아, 내가 부축해 줄게.”

“괜찮아. 혼자 갈 수 있어.”

“넘어질 것 같은데, 나하고 같이 가자.”

반박을 못 하겠다. 그렇게 단원은 나를 부축해 교실까지 갔다. 나는 딱히 할 게 없어 책상에 엎드려 잠을 청했다.

“야!”

누구야? 자는데.

고개를 올려보니 내 앞에는 가영이 서 있었다.

“어? 가영, 왜?”

“좀 나와 볼래?”

“나 지금 다리 다쳤어.”

가영은 자기 할 말만 하고 교실을 나갔다.

‘하… 아픈데….’ 교실을 나와 가영을 따라가니 학교 뒤로 와 있었고, 몇 분 뒤 하림도 왔다.

"가영, 무슨…? 아, 조율도 불렀네."

"별건 아니고 조율, 너 나랑 강단원 사이 알지?"

"너랑 강단원? 그야 나중에 결혼할…."

"잘 아는 애가 그렇게 행동하면 안 되지."

"내가 뭘?"

"하… 됐고, 너 강단원한테 한 번만 더 손 벌려봐."

"내가 무슨?"

"말을 못 알아듣네."

"그니까, 니가 먹는 그 급식비, 누가 내는 줄은 아냐?"

"누가 내냐니?"

"단원이야, 강단원이라고."

"뭐…?"

"이러니까 돈 없으면 아무것도 못 한다는 거야."

"그러게~ 율아, 너 배신감 완전 쩔겠다."

"그니까 앞으론 니 처지 보고 좀 행동해."

이렇게 충격적인 말들을 내뱉고 가영과 하림은 떠났다.

단원이 내 급식비를 내준다니….

'그러게~ 율아, 너 배신감 완전 쩔겠다.'

"하…."

눈물이 났다. 멈추질 않았다. 내가 돈이 없어서 대신 내주는 거라고 생각하니 처참했다.

[여주와 남주의 전생]

도련님이 그럴 리가… 믿기지 않았다. 돈을 다 갚아준 사람이 도련님이라니… 고마움보다는 화가 치밀어올랐다.

"큼… 나왔어, 율아."

언제 오셨는지, 나에게 쭈뼛쭈뼛 다가오는 도련님이 보였다.

"도련님!"

"어, 왜 그러느냐?"

"혹시 도련님께서…."

"무슨 일이냐? 말해 보거라."

"아… 아닙니다."

도련님께 이런 질문을 하는 내가 비참하게 느껴졌다. 오늘은 도련님이 말을 걸어도 애써 무시하고 한마디도 안 했다. 그렇게 그날 장사가 끝나갈 무렵이다.

"율아, 내가 뭐 잘못한 거라도 있느냐?"

"아뇨, 그런 거 없습니다."

도련님은 자기가 하겠다며 물건을 집어 들었다.

"주십시오. 그건 유리라서 깨지면 큰일입니다."

"내가 할 테니 가서 쉬거라."

끝까지 고집을 피우다 결국 유리로 되어있는 물건이 와장창 깨졌다.

"하…."

"미… 미안하구나. 내가 하나 사주마."

"아닙니다. 오늘은 그냥 가십시오."

도련님께 화를 내기 싫어서 좋게 돌려보내려고 했는데….

"아니다, 내가 똑같은 거로 하나 사주마."

"아, 됐다고요!"

나도 모르게 화가 치밀어 올랐다.

"아… 죄송해요. 오늘은 그만 가 주세요."

나는 그렇게 말하고 안으로 들어갔다.

[2019년 현재]

어느덧 점심시간이 되었다.

"먹지 말까?"

혼자 중얼거리고 있던 그때.

"조율, 설마 점심 먹을 건 아니지? 하긴~ 비참해서 어떻게 먹겠어."

하림과 가영은 나를 빼고 점심을 먹으러 갔다. 나는 그대로 책상 위에 엎드려 잠을 청했다. 한 30분 잤나? 눈을 떠 보니 점심을 다 먹었는지 반에 아이들이 몇 명 있었다.

"조율!"

그때 단원이 나를 불렀다.

“조율, 못 들었어? 불렀는데….”

“어, 미안!”

나도 모르게 냉혹하게 말이 나왔다.

“왜 그래? 나한테 뭐 화난 거 있어?”

나는 그 자리를 박차고 나갔다. 단원은 나를 붙잡으려 급히 나갔다. 내 길을 가로막았다.

“갑자기 왜 그래? 내가 뭐 잘못했어?”

“아니.”

“그럼 나한테 왜 그러는데?”

“아니라고 좀!”

순간 욱해 단원에게 소리를 질렀다. 나와 단원 주변에는 한순간에 아이들이 몰려들었다.

“너랑 할 말 없어.”

그렇게 나는 그 자리를 빠져나왔다.

4. 그리워서

그 일이 있고 나서 시간이 어떻게 흘렀는지 모르겠다. 단원과는 마주치기 내가 너무 비참하고 민망해서 못 다가가겠다. 그렇게 주말이 다가왔다.

"하, 심심해."

침대에 멍하게 누워 있는 것 말고는 할 게 마땅히 떠오르지 않았다.

방문을 열고 나가니 엄마는 안 계시고 어젯밤에 먹고 치우지 않은 과자 부스러기가 눈살을 찌푸렸다.

"하…. 고맙다 할 걸 만들어줘서…."

나 자신에게 말을 하며 청소를 하고 있던 그때 엄마에게 전화가 왔다.

"응 엄마."

"우리 딸~ 집 잘 보고 있지?"

"아? 어어… 그럼….

"엄마 늦을지도 모르니까 아침 점심 저녁 시켜먹어. 엄마가 이따 돈 줄게."

"더 늦어?"

"응 비행기가 안 뜰 거 같다네, 알았어 끊어봐."

뚝- 뚝-

그렇게 오랜만에 엄마와의 통화가 끝났다. 3일 전, 엄마는 해외로

출장을 갔고 그렇게 3일을 혼자 지냈다. 잠시 후 또 전화가 걸려왔다.

'또 엄마겠지….'

이번엔 상상도 못 했던 전화가 걸려왔다.

"어, 하림아 왜?"

"집 앞으로 나와 봐. 할 말 있어."

"응? 무슨 할 말?"

"나와서 말해."

그렇게 하림은 전화를 끊었다. 나를 또 괴롭힐까 걱정이 됐지만 그래도 나가보기로 하였다. 집 밖으로 나가니 손에 무엇을 든 하림이 서 있었다.

"무슨 일이야?"

"이거 받아."

하림이 건넨 건 다름이 아닌 많은 젤리들이였다.

"이 젤리들은 뭐야?"

"아 팔 떨어져, 빨리 받아."

나에게 억지로 쥐여줬다.

"아니 그… 미안하다고."

"응?"

"아, 그니까 유가영이랑 너 괴롭힌 거!"

"아, 그 일이라면 괜찮아."

"그럼 간다."

하림은 미안하다는 말을 하고 저 멀리 뛰어갔다. 괴롭히러 온줄 알

앉는데 내 착각이었다. 집에 들어가려고 하는 그때 단원이 나를 보며 서 있었다.

[여주와 남주의 전생]

"율아."

도련님은 매일매일 나를 보러 가게로 오셨고 그날도 어김없이 찾아오셨다.

"율아, 장사는 잘 돼가?"

"……."

도련님은 헛기침을 하다가 화제를 돌렸다.

"오 이건 뭐야?"

도련님은 가게 안에 있는 물건을 하나 집어 들며 나에게 말을 걸었다.

"제자리에 놓으십쇼, 깨집니다."

도련님은 물건을 다시 자리에 놓고 이번엔 나에게 왔다.

"너 주려고 뭐 사 왔는데."

"……."

도련님이 나에게 건넨 것은 영롱한 주황빛을 띤 핀이었다.

"이게… 무엇입니까?"

"예쁘지 않느냐?"

"예쁩… 니다."

"너한테 어울릴 것 같아 샀다. 빨리 해보거라."

내키진 않지만 뭐 사 왔으니까….

"예쁘다."

"정말이십니까…?"

"당연하지."

거울 속에 머리핀을 꼽고 있는 나를 보니 왠지 기분이 좋아졌다.

"미안하다."

"네?"

"단지 네가 좋아서 도와준 건데 너한텐 동정이라고 느껴졌겠구나."

"아… 그 일이라면 괜찮습니다."

[2019년 현재]

"..율아, 얘기 좀 하자."

"……."

나는 애써 무시하고 아파트 현관 번호를 눌렀다.

"조율!"

"가!"

"미안해."

순간 손이 멈칫했다.

"뭐?"

"미안… 해."

난 아무 말도 하지 않았다. 아니, 못했다고 해야 하나

"내 마음은 생각해봤어?"

"응…?"

"내 마음은 어땠을지 생각해봤냐고?"

"아… 미안…."

더 이상 있으면 눈물이 날 것 같아 자리를 피하려고 했다.

"저기 이거…."

단원이 내민 것은 다름이 아닌 주황빛이 도는 머리핀이었다.

"이건…?"

"너한테 잘 어울릴 것 같아서… 내일 보자."

그때 나는 단원을 와락 껴안았다.

"조율…?"

"미안해! 못 알아봐서…."

단원은 내 머리를 쓰다듬었다.

그때 단원의 손길은 무엇보다도 따뜻했다.

[여주와 남주의 전생-조선 광해군 때]

"미안하다."

예상치 못한 말이었다.

"네?"

"너를 위해서 그런 건데 너가 기분 나쁘게 느꼈다면 미안하다."

"아…."

예상치 못해서… 너무 놀라서 할 말을 잊었다.

“감사해요….”

“응?”

“미안하다고 해줘서… 감사해요.”

예상치 못해서… 너무 고마웠다.

“그럼 다시는 그러지 마십쇼.”

그렇게 나와 도련님의 오해는 풀렸다.

“좋아한다.”

“네?”

예상치… 못했다.

“저번에도 마음에 들었다고 하지 않았느냐?”

“아….”

갑자기 도련님은 나를 포근히 안아주었다.

무엇보다도 따뜻했다.

“네, 저도 좋습니다.”

꿈속의 그대에게

박순영

1. 어느 날 꿈속에서

어느 날이었다. 그 꿈을 꿀 때가 하늘은 푸른데, 사람은 없는 그런 꿈이었다. 나는 하염없이 한 발 한 발 내디디는데 앞에 한 남자가 누군가를 보며 웃고 있었다.

'여기에 사람이 아무도 없는데…'라고 생각하고 있는데, 남자가 나를 보며 '당연히 꿈이니까 그렇겠지'라고 말했다.

나는 순간 당황했다. 나는 그 사람을 모르는데, 왜 나를 향해 웃고 있을까 하는 생각에 잠겨있었다. 그 순간 그 남자가 나에게 오더니 다시 웃음을 지어 보 말했다.

"글쎄… 내가 왜 너를 향해 웃고 있을까? 말해주고 싶지만 아직까지는 비밀이라서…"

말이 끝난 후 남자는 아까와 달리 그리움에 잠긴 듯한 표정을 하고 있었다.

그래서 나는 더 이상의 생각도 궁금증도 갖지 않게 되었다.

시간이 얼마나 지났을까? 기나긴 침묵 속에 오랫동안 아무 말도 하지 않았던 남자는 드디어 내게 다시 말을 걸었다. "자, 이제 돌아갈 시간이야."

남자가 눈을 가리자 나는 꿈속에서 깨어날 수 있었다. 그런데 이상하게도 꿈에서 깨어났는데, 그 남자를 본 적도 없는데 그리움이 파도처럼 밀려왔다.

그 꿈을 꾼 지 이틀이 지났을까? 나는 더 이상 그 남자의 꿈을 꾸지 않았다. 그 남자에게 어떻게 나를 알고 있는지, 왜 나를 향해 웃고 있었는지 궁금한 게 많았는데… 그리고 왜 아직까지 비밀인지… 나는 여러 궁금증이 생겨나기 시작했다.

2. 꿈속의 남자를 만나다

그렇게 의문이 가득한 채 다음 날이 되고 나는 학교에 갈 준비를 했다.

'진짜 누구지?' 준비를 하면서도 계속 꿈속에서 본 그 남자에 대한 궁금증에 시달렸다.

“유윤서 학교 가야지. 빨리 나와. 차 안 태워준다.” 엄마가 말했다.

나는 궁금증을 잠시 밀어두고 준비를 마치고 내려갈 수밖에 없었다. 학교에 도착한 뒤 교실로 가고 있었는데 누군가가 뒤에서 나를 불렀다. 나는 뒤를 돌아보았다. 내 친구 윤서은이 나를 부르고 있었다.

“서은아. 왜?”

나는 서은이에게 물었다. 그러자 서은이가 대답했다.

“그게… 누가 너를 좀 불러달래서.”

나는 서은이가 말한 장소로 나를 찾은 사람을 만나러 갔다. 누구냐고, 왜 나를 불렀냐고 물으려는 순간 그 사람이 나를 향해 뒤로 돌았다. 순간 나는 당황했다.

‘꿈속의 남자가 어떻게 여기에?’

나는 속으로 말했다. 그러자 그 남자가 말했다.

‘그거는 아직 비밀이야.’

꿈속에서와 똑같은 그 사람의 속마음을 읽을 수 있었다. 나는 남자에게 물었다.

“왜 이렇게 비밀이 많아요?”

남자는 아무런 대답이 없었다.

잠시 뒤 내가 다시 물었다.

“저기~ 저는 왜 불렀어요?”

남자가 답했다.

“니가 보고 싶어서.”

나는 순간 얼굴이 달아올랐다. 남자가 물었다.

"어디 아파? 얼굴이 빨개."

남자가 이마에 손을 가져다 댔다. 나는 너무 당황해서 이름도 못 물어보고 비밀도 풀지 못한 채 그곳을 빠져나왔다.

3. 남자의 비밀과 인연

학교가 끝나고 그동안 많은 일이 있었는지 잠이 파도처럼 몰려왔다. 잠을 청했는데 꿈에서 남자가 또 있었다. 그런데 그때와는 다른 꿈이었다. 그 꿈속에서 남자는 외롭고 고독해 보였다. 그 남자는 신비로운 사람이었고, 이름은 박지엘이었다. 꿈속에는 한 여자도 있었다. 그녀는 나랑 매우 흡사한 얼굴을 가지고 있었고, 지엘과는 항상 같이 있었다.

지엘은 그녀와 함께 있으면 외롭고 고독한 일이 없어 보였다. 그래서 지엘은 항상 그녀를 아꼈다. 하지만 그 행복은 오래가지 못했다. 왜냐하면 그녀가 납치를 당했기 때문이다. 그래서 그는 자신이 아끼던 그녀를 구하기 위해 자신이 함부로 쓰면 안 되는 힘을 꺼내고 말았다. 그래서 그는 그녀를 구했다. 하지만 그는 몸이 남아나지 않았다. 그는 힘겹게 그녀에게 말했다.

"내가 환생하게 된다면 다시 너를 찾아갈 거야…. 그러니 나를 기다려줘."

그러자 그녀가 대답했다.

"언제나 기다릴게요."

그녀가 대답하자 지엘은 그녀의 머리에 마법을 걸어두었다. '내가 먼저 너에게 찾아가기 전에 꿈에서 먼저 만나자'라고. 결국 지엘은 미소를 지은 뒤 소멸하고 말았다. 그 순간 나는 꿈에서 깨어났다.

'그 사람 이름이 지엘이었구나' 하고 깨달았다. 그런데 그 순간 내 눈에 눈물이 흐르고 있었다. 눈물을 멈추려고 노력을 했으나 멈추지 않았다. 나는 지엘에 대해 알아버렸고, 그 남자가 왜 찾아왔는지 알게 되었다.

아침이 된 후 지엘을 만나기 위해 준비를 마치고 학교에 가고 있었다. 그런데 문 앞에 지엘이 서 있었다.

"내 비밀을 알게 되었구나. 내가 알려주고 싶었는데…." 지엘이 말했다.

순간 지엘 앞에서 나는 눈물을 흘렸다.

"그때 왜 그 힘을 사용했던 거고, 어떻게 내 꿈속에 나타날 수 있었던 거야? 도대체 정체가 뭐야?"

"그 힘을 사용한 거는 납치당한 너를 구하기 위해서였고, 내 정체는 마법사야. 그렇기 때문에 지금 너를 다시 만날 수 있는 거야."

그렇게 나는 그의 정체를 알게 되었고 나와 지엘은 영원히 함께 있을 수 있게 되었다.

행복한 삶을 위해

이아현

나는 현재 나이 47세의 아이 둘을 둔 엄마이다. 나의 아들과 딸은 자신들의 삶에서 공부가 다인 것처럼 치열하게 공부를 한다. 나는 새벽 4시에도 불이 켜져 있는 나의 자식들의 방을 볼 때마다 너무 안쓰러웠다. 그래서 내일 저녁에 얘기해야지 생각하고 조용히 방문을 닫고 내 방으로 들어가 잠을 잤다.

다음 날 아침. 아이들은 눈을 채 뜨지도 못한 채 비몽사몽 하면서도 영어 단어를 외우고 있다. 아침부터 제대로 눈도 뜨지도 못하고 영어 단어를 외우는 아이들을 보자 한숨이 절로 나왔다. 이대로는 안 되겠다고 생각한 나는 아이들에게 '오늘 저녁에 잠깐 얘기 좀 하자'고 말했다.

아이들은 내 말이 들리기나 했는지 한 귀로 듣고 한 귀로 흘리며 공부를 한다. 아이들은 학교에 데려다주고 나는 집에 와 나의 학창시절을 되돌아보있다.

'아무리 요즘에 선행학습을 안 하면 따라갈 수가 없다고 선행학습을 중요시한다지만, 중학교 2학년이 고등학교 3학년 수능 공부를 하는 건 아니지 않은가?'

아무도 없는 집안에서 나 혼자 나와 대화한다. 그렇게 한 3시간 동안 고민을 했나. 그런데 아무리 고민을 해도 이건 아니라고 결론을 내렸다. 집안일을 하면서 아이들이 집으로 돌아오기만을 기다렸다. 아이들은 밤 11시가 넘어서야 집으로 돌아왔다. 나는 급히 아이들이 먹을 간식과 밥을 준비하였다.

"진혁아, 민지야! 가방 놓고 손 닦고 밥 먹으러 나와."

"알았어."

"……."

진혁이는 대답이라도 해주지. 요즘 둘 다 사춘기가 와서 태도가 너무 딱딱해졌다. 애들이 밥을 먹으러 나왔다. 하지만 역시 손에는 영어 단어집이 들려있었다. 순간 너무 억장이 터져 결국 잔소리처럼 밥 먹는 아이들에게 한소리를 하였다.

"아니 애들아, 아무리 요즘 공부가 어렵고 선행학습도 중요하다지만, 아직 너희는 밖에 나가서 놀아도 돼. 제발 그냥 다른 애들처럼 놀면 안 될까?"

그러자 진혁이랑 민지가 화가 나는지 짜증 나는 목소리로 말을 꺼냈다.

"엄마 내가 공부한다는데 엄마는 왜 그래? 다른 엄마들은 공부 좀 하라고 한다는데 엄마는 왜 하지 말라고 하냐고."

"이건 내 미래를 위해서 하는 거야. 이건 내 미래니까 엄마는 상관 없잖아."

그 말을 들은 나는 너무 충격이 컸고 너무 마음이 아팠다.

"애들아… 엄… 엄마한테 말을 그렇게 하면 안 되지…."

그러자 아이들은 혼잣말을 하는 것처럼 중얼거리듯 얘기한다.

"또 불리하면 엄마 타령이지 아휴!"

그리고는 방으로 들어가 문을 쾅 닫는다. 문이 닫히는 소리와 동시에 나의 마음의 문은 깨졌다. 나는 아이들에게 다시 한번 말을 걸기 위해 방으로 들어갔다. 그러자 화가 난 아이들이 나를 째려본다.

"애들아 공부할 거니?"

"어, 공부할 거니까 나가."

"엄마랑 얘기 좀 하자."

"아~ 시간 없는데~ 그럼 빨리 한번 해봐."

아까 화낸 것이 미안했는지 없으면 안 될 것 같은 자신들의 공부를 내려놓고 나의 말을 들을 자세를 취한다.

"애들아, 지금 엄마가 하는 말이 정말 듣기 싫겠지만 한 번만 들어봐. 엄마가 너희에게 공부를 하지 말라고 하는 게 아니야. 다만, 공부에만 너무 얽매이지 말고 너희가 지금 10대에 느낄 수 있는 감정을 다 느껴보는 게 중요해서 그러는 거야. 너무 옛날이지만 엄마의 학창시절은 공부라는 것이 학생의 본분에 많은 것을 차지하지 않았어. 그래서 지금 시대가 바뀜에 따라 너희가 공부를 할 수밖에 없는 상황이 너무 안타까워. 이제 본격적으로 나의 학창시절 중 너희 나이 때의 나의 삶을 들려줄게. 너희 학교의 아침 조회 전 분위기는 어떠니?"

"음… 아침에 우리처럼 공부하는 애들도 있고, 시끄럽게 노는 애들도 있어."

"엄마 때는 한 반이 50명 정도 있었는데 공부하는 애들이 딱 2명이었어. 지금은 생각할 수도 없는 일이지?"

"그렇지, 우리는 생각도 못 하는 일이지."

"엄마 때는 아침 조회 시간 전이면 다들 떠들면서 어제 있었던 일에 대해 많은 얘기를 나누었지. 그때 참 재밌었는데. 종소리가 '딩동딩동' 울리면 다들 조용해져서 선생님이 오시기를 기다렸지. 너무 심심하면 종이를 잘라서 쪽지를 돌리기도 하고."

"하하하하 엄마 학교생활은 재밌겠네."

"재밌는 건 아직 시작도 안 했어. 선생님께서 들어오셔서 중요한 얘기를 하고 학교에 안 온 학생이 있나 확인하고 나가시면 다시 애들이 시끌벅적해진다니까. 엄마가 다니던 학교는 항상 1교시가 국어였어. 1교시엔 항상 졸고 있는 애들이 많아 복도까지 나가서 손을 들고 벌을 서곤 했지. 정말 벌서는 애들 보면 진짜 웃겼는데. 그때 벌서던 애들은 지금 뭐하나 몰라. 엄마는 도시락을 가지고 다녔잖아. 그래서 점심시간 전에 도시락 까먹고 항상 점심시간에 애들 밥을 빼앗아 먹는 애들도 참 많았지. 요즘은 급식은 뭐가 나오니?"

"음, 그냥 먹을 만한 거 나와. 별로 기대는 되지 않고."

"엄마 때는 애들이 먹는 게 정말 다양했어. 음 어떤 거부터 말을 해야 하나. 도시락에 밥만 있는 애들도 있고, 나물만 있는 애들도 있고, 김치만 있는 애도 있고… 그래서 어느 날은 큰 양푼을 가져와서 아이들 도시락을 다 집어넣고 비벼서 비빔밥도 만들어 먹고 정말 재밌었지!"

"지금 다 똑같은 밥을 먹는 것보다는 재밌을 것 같아."

"너희는 밥 먹고 나서 뭐해?"

"우리는 뭐… 밥 먹고 공부하고… 뭐 항상 똑같지."

"엄마랑 엄마 친구들은 그때 학교 건물이 한 5층이었나. 밥을 거의 마시다시피 하고 밖에 나가서 '무궁화 꽃이 피었습니다', '땅따먹기' 등등 학교를 거의 요즘 놀이동산처럼 누비며 놀러 다녔지. 학교 끝나고 너희는 바로 학원으로 가지?"

"어… 사실은 좀… 학교 끝나고 바로 학원 가서 힘들어."

아이들이 조금씩 마음의 문을 열기 시작하였다.

"엄마는 학교 끝나고 애들이랑 떡볶이도 먹으러 가고, 문방구에 가서 뽑기도 하고, 그때는 뭐가 그리 다 재밌는지 정신없이 놀았다니까. 그러고 집에 가서 가방을 던지고 밖에 나가서 또 놀고, 밤에 지쳐 들어와서 씻고 자고, 맨날 같은 하루를 반복해도 웃음이 떠나질 않았어. 이것만 들으면 왜 공부만 하지는 말라는지 이해가 안 되지?"

"음 조금 이해가 가면서도 아직은 왜 공부만 하지는 말라는지 모르겠어."

"나도 그래. 공부 얘기는 안 나왔잖아. 이제 공부 얘기 좀 해볼게."

그렇게 나는 공부 얘기를 시작하였다.

"엄마가 공부를 아예 하지 말라는 건 아니야. 요즘 공부를 못하면 대학 가기가 아주 힘들다는 건 엄마도 알거든. 그런데 엄마 생각에는 공부만이 중요하지는 않다고 생각해. 너희가 이런 말을 했던 거 기억해? '공부가 제일 중요해. 공부가 인생의 다야.' 너희가 이런 얘기를 할 때 정말 마음이 너무 아프더라. 엄마도 너희의 마음과 생각이 이해가 가긴 하지만, 지금 당장은 공부 말고 친구와 신나게 놀면서 추억을 많이 쌓는 행복한 나날을 보내는 게 어떨까 하는 생각이거든."

"엄마…!"

나의 금쪽같은 자식 두 명 다 말을 잇지 못했다. 나는 다시 말을 이어갔다.

"그래 너희가 취직도 하고 이다음에 어른이 되어서 하고 싶은 일을 마음껏 하기 위해서는 공부도 중요하지. 그런데 너희들 친구와 밤늦게 놀아본 적 있어? 항상 집에 와서 공부만 했잖아."

"그야 학원이 끝나고 집에 오면 11시가 되니까 나가서 놀기도 그렇고 그냥 집에서 공부하는 게 마음이 더 편하니까 그렇지."

이 말은 나의 가슴에 화살처럼 꽂혔다. 나는 눈시울이 붉어지며 당장에라도 울 것 같은 마음이 들었다.

"엄마도 공부를 하기는 했지만, 바로 취업을 하지 않았어. 너희는 나중에 20대가 되면 무엇을 하고 있을 것 같아?"

"나는 그냥 회사나 대학을 다니고 있지 않을까?"

"나도 비슷하겠지."

보통 아이들과는 다르게 취직과 대학 얘기부터 하는 내 자식들 덕에 또다시 한번 마음이 덜컥한다. 왜 친구들과 놀고 싶다는 얘기는 일절 안 하지? 라는 생각만이 들 뿐이다. 그래서 나는 애들에게 물어보았다.

"애들아 왜 너희는 친구와 놀고 싶다는 말을 안 하니?"

"지금까지 살아오면서 친구랑 놀았던 적이 없으니까."

"다른 애들한테 물어보니까 엄마들은 공부 잘하는 애들을 좋아한다고 해서 그래서 더 열심히 공부하는 건데 우리가 공부만 해서 그런가, 애들이 같이 놀려고 안 해."

이 말을 듣자 애들이 꼭 자신들만을 위해 공부한 것이 아니라는 생각이 들었다.

"애들아, 엄마는 너희가 공부를 못해도 괜찮아. 너희는 나의 소중한 자식들이잖아."

그러자 아이들의 눈에서 눈물이 흘러나오기 시작하였다.

"엄마, 나 사실 너무 힘들어. 나도 애들이랑 놀고도 싶고 일찍 자고 싶어."

"엄마 나도."

"으아아앙~~"

나는 아이들을 안아주었다.

“그랬구나. 너희가 그런 줄도 모르고 항상 혼만 내서 미안해.”

나도 아이들을 꼭 안으며 같이 울었다. 그러고 다시 아이들에게 물었다.

“그럼 너희 다니고 있는 학원 한 달만 끊고 애들이랑 놀아볼래?”

그러자 아이들은 환하게 웃으며 동시에 대답을 한다.

“응 그럴래. 나도 다시는 돌아오지 않을 10대를 웃으며 보내고 싶어.”

“그래, 그러자. 엄마가 내일 당장 학원에 전화할 테니까 내일 학교 끝나면 친구들 데리고 집으로 와.”

“그래도 돼? 우와 신난다.”

나는 그제서 아이들이 진심으로 기뻐하는 표정을 볼 수 있었다. 민지가 나에게 물었다.

“엄마, 근데 우리가 나중에 커서 좋은 대학을 못 가거나 좋은 회사에 취직을 못 하고, 돈도 못 벌고 그래도 우리는 엄마 자식이지?”

“그럼! 너희는 걱정 말고 그냥 현재를 즐겁게 살아. 너희는 지금 엄마가 살아가는 이유니까.”

이렇게 말하고 아이들에게 교훈 하나쯤은 남겨주고 싶었다.

“민지야, 진혁아, 인생에 공부가 다가 아니야. 지금 흘러간 것은 다시 돌아오지 않아. 공부도 하면서 너희가 행복할 정도로는 놀아도 돼.”

아이들이 나를 꼭 안아주며 말하였다.

“엄마, 우리 낳아 주셔서 감사해요. 진짜 엄마한테 태어난 게 너무 좋아.”

“엄마한테 선물처럼 와줘서 고마워.”

시계를 보니 아이들과 3시간 동안이나 얘기를 하였다.

“애들아, 이제 그만 자러 가자. 엄마가 너희 잠들 때까지 보고 있을게.”

“좋아.”

아이들을 잠재우고 나는 너무 기뻤다. 이제 아이들이 자신들의 인생에 공부가 다가 아니란 것을 알게 되고, 다른 것을 체험할 수 있게 되어 기뻤다. 다음 날 아침 아이들이 잠에서 깨어 주방으로 들어왔다. 나는 아이들이 해맑은 표정으로 편안한 걸음으로 걸어오는 모습을 보며 감동의 눈물을 흘렸다. 아이들의 손에는 항상 들려있던 영어 단어책도 없다. 이제는 아이들이 자고 일어나서 ‘엄마 사랑해.’ 하며 나를 안아주었기 때문이다.

나는 이 글을 읽고 있는 많은 친구들에게 말하고 싶다. 공부만이 인생의 전부는 아니라고! 지금 현재를 마음껏 즐기며 살라고.

행복을 위해 현재의 중요한 것을 놓치지 말라!

톱스타의 비밀

남궁윤

한 스타일리스트가 누가 봐도 귀찮고 빨리 쉬고 싶은 마음이 가득 들어찬 얼굴로 의자에 앉아 있는 여자에게 화장을 시켜주고 있다. 그녀의 옆에 서서 오늘의 일정을 설명해주는 사람과 여럿 붙어 있는 사람까지, 누가 봐도 이 여자는 유명한 사람 같아 보였다.

그녀의 이름은 김여주, 아역 때부터 시작한 연기 덕에 인지도를 천천히 높여오며 현재는 21살이라는 어린 나이에 탑배우 자리에 올라서 있다. 어린 나이에 너무 높은 자리에 올라서서 그런지, 주위 관계자들의 그녀에 대한 평판은 그다지 좋지 않은 편이다. 허구한 날 모든 걸 바꾸고, 그 일을 해결하는 몫은 늘 소속사였다.

다시 현재로 돌아와서, 스타일리스트는 너무 쉬고 싶은 마음이 강했는지, 다른 화장도구를 들다가 떨어뜨리고 만다. 연신 죄송하다며 사과하는 그녀에게 여주가 나지막이 말을 걸었다.

"너, 지금 되게 쉬고 싶고 나 빨리 갔으면 좋겠지?"

여주의 물음에 화장도구를 줍던 스타일리스트의 손이 멈칫한다.

'어라, 독심술 쓰나?'라는 생각이 들 정도로 자신의 마음을 알아차린 여주에게 스타일리스트가 벌떡 일어서서 고개를 젓더니 손사래까지 치며 말했다.

"아유, 그럴 리가요! 오히려 너무 쌩쌩한걸요?"

"아 그래…?"

스타일리스트의 말에 여주가 매니저에게 지시를 한다.

"희연아, 차 좀 빼 놔."

그러고는 아까 그 스타일리스트를 거울 너머로 바라보며 말한다.

"힘들면 쉬어야지.""네? 언니, 잠시만요!"

"샵 바꿔야겠다. 피곤한 사람들이 이리 많으면 어찌 내 얼굴을 맡기니?"

그 말을 끝으로 그녀는 화장대 앞에 5만 원짜리 수십 장을 놓고는 그 샵을 나갔다.

"야, 너는 거기서 바로 바꿔버린다고 하냐? 애가 진짜…."

앞 좌석에서 차를 몰던 매니저이자 친구인 희연이 뒷좌석에서 눈을 감고 의자를 뒤로 젖힌 채 눈을 감고 있는 여주에게 속사포로 쏘아댄다. 그런 희연의 잔소리에 진절머리가 났는지 여주는 고개를 도리도리 젓는다.

"아 나도 안 듣고 싶다고, 근데 들리는 걸 어떡해?"

운전대를 잡고 있던 희연이 인상을 찌푸리곤 뒤를 돌아 여주를 바라보며 소리친다.

"야! 그게 들린다고 샵을 바꿔?"

"어어, 교통사고 나겠다. 앞에 봐."

희연이 중얼거리며 앞을 보자 그제야 눈을 붙이는 여주였다.

여주에게는 특별한 비밀이 하나 있다. 바로 다른 사람의 마음이 들린다는 것, 어릴 때는 이것이 무엇인지 몰랐다. 그저 자신의 귀에 '아, 재 별로야'라는 말이 들리면 어린 시절의 여주는 그 사람에게 '왜 내가 별로야?'라고 묻곤 했다. 그럴 때마다 사람들은 그녀를 괴물 보듯 했고, 눈치가 빠른 여주는 그걸 잘 이용해 조심히 살아갔다. 때때론 그 능력이 연기를 할 때 독이 되기도 했지만 여주는 악착같이 노력해 그 능력을 잘 감춰왔다.

"주야! 여주야! 일어나, 다 왔어."

"어? 여기 어디야?""아까 못 들었어? 오늘 새 드라마 대본 리딩 한다고 했잖아."

대본 리딩, 여주가 좋아하지 않는 일 중 하나다. 대본 리딩을 하다 상대역이나, 스태프들을 바라보면 거의 나쁜 말만 들리기 때문이다. 연예계에서 여주의 평판은 좋지 않으나, 대중들에겐 인기 많고 연기 잘하는 탑배우로 알려져 있기에 여주를 캐스팅해야 하는 일들이 다반사다. 다행히도 그녀는 캐스팅 들어온 작품들에 거의 다 출연을 하기 때문에 그나마 다행이었다.

“안녕하세요, 채수연 역할을 맡은 김여주입니다.”성의 없이 들리는 박수 소리, 여주는 이런 반응을 예상했기 때문에 인상을 팍 찌푸리고 싶었지만 카메라 수십 대가 돌아가는 광경을 지켜보자니 머리가 아려와 희미하게 미소 짓곤 자리에 앉았다.

“안녕하세요, 한기준 역할을 맡은 정현수입니다.”

정현수, 요즘 떠오르는 루키다. 배우 생활을 시작한 지는 꽤 되었지만 대중들 사이에선 인지도는 낮은 편이다. 하지만 연기실력은 출중한 편이어서 감독들이 눈독 들이고 있는 배우이다.

“내가 도대체 뭘 잘못했는데? 채수연, 말 좀 해봐!”오, 연기 잘한다. 여주가 넋 놓고 현수가 읽는 대사들에 집중한다. 그 때문인지, 여주는 그녀가 읽어야 할 대사 부분을 놓쳤다.

“김여주 씨, 뭐하십니까?”

보다 못한 감독이 여주의 팔을 툭툭 쳤다. 그제야 화들짝 놀란 여주가 대본을 읽기 시작했다.

“넌 잘못한 거 없어, 그냥… 그냥 모두 내 잘못이야.”

대본을 읽는 중 들려온 감독의 목소리.

‘어휴, 어쩌다 저런 애를 캐스팅해서. 황 작가도 생각이 있는 거야 없는 거야?’

그 말에 대본을 들고 있던 여주의 손에 힘이 들어갔다. 그런 여주의 손을 바라보는 현수였다. 그렇게 대본 리딩이 끝나고, 밖으로 나오던 여주는 희연에게 말했다.

"희연아, 나 잠깐 화장실 갔다 올게."

"응, 갔다 와. 차 어디 있는지 알지?"

"어."

여주가 급히 화장실로 향한다. 그때, 옆에서 튀어나와 여주를 가로막은 현수가 머리를 긁적이더니 손을 내밀고는 우물쭈물하며 말한다.

"안녕하세요, 선배님, 정현수…라고 합니다."

"아, 네. 김여– 아니 제 이름 아실 텐데."

마치 마네킹 인형처럼 뻣뻣하고 어색한 사이에 놓인 두 사람은 아무 말 없이 가만히 있었다. 그런 정적을 깬 건 다름 아닌 여주였다.

"아, 맞다. 연기 진짜 잘하시더라고요! 전에 나온 드라마 잘 봤어요."

"아 그러세요? 감사합니다."또다시 정적, 여주가 화장실에 들어가려던 찰나, 현수가 여주의 팔목을 붙잡더니 말했다.

"아까 고 감독님이 한 말, 신경 안 쓰셔도 돼요."

"…네?"

"그럼, 이만… 안녕히 가세요."

그 말만을 남기고 떠나버린 현수에 여주는 어안이 벙벙했다. 뭐지? 아까 고 감독이 한 말? 설마, 아까… . 그 말? 여주는 복잡한 마음에 화장실 세면대에서 세수를 연거푸 하고는 밖으로 나와 희연의 차에 탔다. 그러고는 시동을 걸고 있는 희연의 뒤통수에 아까 있었던 일을 와다다 쏘아붙였다.

"야야, 정현수? 걔 뭔가 알고 있는 눈치더라."

"왜? 너한테 무슨 마음이 있다고 그랬니?"

희연의 장난스런 말에 정색을 하더니, 이내 여주가 차에 있던 젤리 봉투를 깠다. 그 순간, 희연이 소리쳤다.

"야! 미쳤어? 너 사장님이 젤리 먹지 말라며!"

"아, 맞다. 네가 먹은 걸로 쳐줘. 알았지?"

"이 씨… 이번만이야. 다음에 또 그러면 진짜 안 봐줘."

"그래그래, 알았어."

젤리를 하나 입에 넣고는 우물거리며 여주가 아까 일을 얘기하기 시작했다.

"화장실 문 앞에서 말이야, 정현수가 툭 튀어나오더니 인사를 하더라? 그래서 놀라서 나도 인사해줬지."

"그냥 걔도 화장실 갔다 온 거 아니야?"

"아니야! 마치 내가 오기를 기다리고 있던 것처럼 딱 튀어나오더라니까?"

희연이 영혼 없이 반응을 보이며 차를 모는데, 여주는 그에 상관없는지 젤리 하나를 또다시 입에 넣고는 조잘조잘 얘기하고 있었다.

"근데 아까 리딩할 때, 고 감독 마음이 들렸거든? '왜 저런 애를 캐스팅해가지고, 황 작가도 생각이 있는 거야 없는 거야' 그러더라고."

“어… 그래시? 언제 끝나?”“아 기다려봐. 근데 화장실에 들어가려는데 정현수가 내 팔목을 딱 잡더니 아까 고 감독이 한 말 신경 쓰지 말라고 하더라니까? 아무리 생각해도 뭐 알고 있는 거 같아. 그치?”

여주의 몇 마디 동안 급격히 늙어버린 듯한 희연이 고개를 끄덕이고는 말했다.

“그러게, 뭘 알고 있는 거 같네. 아, 다음 스케줄 예능 미팅이야. 거리 좀 있으니까 자 둬.”

“하- 내 얘기 듣긴 했어?”

“어, 아주 잘 들었으니까. 제발 좀 자.”

여주가 구시렁거리며 의자를 뒤로 젖혀 눈을 감았다.

그날, 여주의 꿈에는 현수가 나타났다.

학생 작가들의 에필로그

쓰던 글을 끝내고, 등장인물 소개까지 끝마친 후 선생님께 글을 제출한 뒤 시험 준비에 들어가니 더 쓰고 싶은 글들이 새록새록 떠오르고, 막상 다 쓴 글이 아쉽게 느껴졌지만 그래도 기왕 완성된 글 만족하며 끝내기로 했습니다.

저와 같이 글을 쓰며 서로를 피드백 준 친구들과, 제 글에 대해 피드백을 해주신 선생님께 감사하다는 말을 전하고 싶습니다. 작년에 쓴 글이 마음에 들지 않아 이번 글에는 최선을 다해 그 결과 만족스러운 글을 쓴 것 같기도 하지만 그건 읽는 분들의 생각에 따라 다를 것 같습니다.

에필로그를 쓰자니 막상 부끄럽고 글쓰기보다 어려운 것 같습니다. 아무튼 계속 이어나가자면 글을 처음 써본 것이 아님에도 글을 쓸 때마다 느껴오는 떨림과 설렘이 아직도 익숙하지가 않습니다. 내년엔 꼭 익숙해져 보고 싶습니다. 또한 필력과 이야기를 부드럽게 개연성 있게 고쳐보고 싶기도 합니다.

이번에는 판타지라는 새로운 장르에 도전하면서 더욱 힘이 들었고 여러 번 글을 수정한 것도 글을 쓰면서 이번이 처음이었습니다. 판타지란 장르는 무한한 상상력을 통해 무한한 이야기와 세계관을 만들이간다는 점이 매력이지만 그만큼 이야기를 창작하는 데 힘이 드는 것이 단점입니다.

내년에는 판타지가 아닌 조금 심오한 내용을 소재로 한 글을 쓰고 싶습니다. 사람의 감정이라던가, 사람들의 기준, 또는 시선 같은 것들 말입니다. 저의 글 〈시간〉을 끝까지 읽어주고 이 글까지 읽어주신 분들께 다시 한 번 감사하다는 인사를 드립니다. 또한 늘 좋은 경험을 하게 해 주시는 한경화 선생님께 감사드립니다.

- 2학년 박의채

초등학생 때의 저는 책 읽기를 너무 싫어해서 부모님께서 책을 읽으라고 하실 때마다 그냥 읽는 둥 마는 둥 했습니다. 중학교에 올라온 후 책에 관심이 생겨서 책과 점점 친해졌습니다. 책을 많이 읽게 되니 글을 한번 써보고 싶다는 생각을 하게 되었습니다. 그러다가 1학년 때 우리 학교에 책쓰기 동아리가 있다는 것을 알게 되었습니다.

책쓰기 동아리에 대해 알게 된 후 동아리에 들어가고 싶었지만, 그때는 이미 인원 모집이 끝난 상태여서 아쉽게도 1학년 때는 동아리에 들어가지 못했습니다. 2학년이 되고 난 후 정말 운 좋게 책쓰기 동아리에 들어오게 되었습니다.

처음 글을 쓸 때는 제가 생각했던 것보다 조금 어려워서 중간에 포기할까도 생각했습니다. 그때마다 선생님께서 방향을 잡아주셨고, 격려와 도움을 주셔서 제 글이 점점 멋있는 글로 완성되어 갔습니다.

제 글을 읽은 어떤 독자들이 볼 때는 글이 시시하고 재미없을 수도 있겠지만 저에게는 정말 의미 있고 소중한 글입니다. 무엇보다 저의 꿈을 담은 글을 완성했다는 자체만으로 정말 뿌듯했습니다. 책쓰기동아리에서 저에게 이런 좋은 경험을 하게 해주셔서 정말 감사합니다.

- 2학년 이수아

〈원수를 사랑하라〉를 쓴 김영성입니다. 우선 출판을 도와주신 선생님과 지인분들께 감사의 인사를 드립니다. 제가 쓴 〈원수를 사랑하라〉는 제가 살아오면서 마주했던 저의 경험 속에서 저를 다치게 한 이들을 미워하기보다 사랑하며 품는, 아직은 어린 저의 이야기입니다.

여러 사람들을 한 사람의 등장인물로 품느라 어려웠지만, 선생님과 친구들의 도움 덕분에 괜찮은 작품이 나온 것 같습니다. '원수'는 나에게 원통한 일을 당하게 한, 너무나도 미운 이입니다. 하지만 저는 '원수'의 의미를 '평안한 일을 원하는 이'로 그 정의를 바꿔보았습니다. 여러분에게도 혹시 마음속에 미워하는 이, 원수가 있다면 여러분의 마음속 공간 한편에 그를 위한 공간을 만들어 품어보는 건 어떨까요? 저의 글을 읽어주신 분들께 감사를 드리며 이만 글을 줄입니다.

- 2학년 김영성

저는 원래 퓨전 사극을 좋아합니다. 그래서 이번에 쓴 글 〈사랑의 시그널〉을 퓨전 사극의 형식으로 썼습니다. 얼핏 보면 남녀 간의 평범한 사랑 이야기지만 퓨전 사극의 형식으로 쓰다 보니 스토리가 식상하지 않고 제법 그럴싸한 이야기가 만들어졌다는 생각이 들었습니다. 제가 쓴 글의 내용이 만약 퓨전 사극이 아니었더라면 어땠을까요? 조금 식상한 글이 되지 않았을까요?

현재 코로나바이러스로 인해 어려움을 겪는 분들이 많습니다. 코로나로 인해 일상이 변해 답답하고 불안정한 이 상황이 나의 글로 조금이나마 위로가 된다면 정말 뿌듯할 것 같다는 생각을 하며 글을 완성했습니다. 이 책을 읽는 분들이 재미있는 저희들의 글과 함께 이 어려운 상황을 극복해나갔으면 좋겠습니다.

– 3학년 이나경

처음에는 어떤 글을 쓸까 고민도 많고 막막했습니다. 그럴수록 글쓰기가 어렵고 힘들다고 느꼈지만 글 내용을 어떻게 쓸지를 고민하며 쓰다 보니 글 쓰는 게 재미있다는 걸 느꼈습니다. 책쓰기 동아리 활동을 하며 글을 쓰는 것이 정말 재미있었고, 또 제가 쓴 글이 담긴 책으로 나온다고 하니 정말로 기대되고 즐겁습니다.

– 3학년 박순영

작년에는 글 쓰는 법을 잘 몰라 글을 쓰기가 쉽지 않았습니다. 올해는 작년에 배웠던 것이 있고 썼던 경험이 있어선지 글을 쓰기가 한결 편했습니다. 선생님께 처음 주제를 받았을 때 막막하기만 하고 도무지 무엇을 써야 할지 몰라 아이디어를 얻고자 다른 책들을 읽어 보았습니다.

책을 쓰기 위해 책을 읽다 보니 점차 책과도 친해지고 다양한 분야의 책을 읽자 지식도 쌓이고 책 읽기가 정말 재밌었습니다. 글이 무엇인지에 대한 생각도 하게 되었고, 내년에는 또 어떤 글을 쓰게 될지 벌써부터 기대가 됩니다.

제가 쓴 글이 책으로 되어 나온다는 게 정말 신기합니다. 글을 쓰면서 한 번도 접해보지 못한 판타지 장르를 쓰려니 많은 수정이 필요했고, 글쓰기에 대한 열정과 판타지에 대한 생각도 많이 드는 한 해였습니다.

삼다 책쓰기동아리에서 활동하지 않았더라면 저의 생각을 글로 써볼 기회도 없었을 테고 창의력과 사고적 발상을 키울 수도 없었을 것입니다. 올해는 코로나로 인해 작년처럼 내가 쓴 글을 발표하는 대회에도 나가지 못했지만, 내년에는 상황이 좋아져 또 그런 기회가 주어진다면 대회에도 출전해 보고 싶습니다.

처음 동아리에 들어와 많이 어색했던 친구들이나 선배들과도 친해지고, 살면서 다시 찾아오지 못할 책 출판이라는 인생의 기회도 누려보고 저에게 책쓰기동아리 활동은 행운이 아닐 수 없습니다.

저의 생각을 담아 쓴 글을 누군가가 읽는다고 생각하니 책이 나오는 날이 정말 기대가 됩니다. 이번 연도 저희 창의력과 생각 주머니를 더욱 넓게 해준 선배들과 선생님께 감사하고 추억을 함께 만든 우리 동아리 친구들에게 정말 정말 고맙다는 말을 전합니다.

- 2학년 이아현

저는 글쓰기를 좋아해서 책쓰기동아리에 관심이 있었습니다. 그래서 이번 기회에 도전을 해보자 결심을 하고 동아리에 들어왔습니다. 하지만 제 마음과는 달리 글이 쉽게 써지지 않아 막막했고, 분량도 적은 것 같아 답답했습니다. 그때 선배들이랑 한경화 선생님께서 저를 많이 도와주셔서 부족하지만 글을 쓸 수 있게 된 거 같습니다. 다른 친구들의 글을 볼 때마다 부러웠는데, 선배들과 다른 친구들, 그리고 선생님께서도 제 글을 재밌다고 해주셔서 자신감이 붙기도 하였습니다. 비록 활동을 한 기간은 짧지만 저에겐 기억에 남는 일일 것 같습니다. 그리고 책 출판이라는 좋은 경험을 할 수 있게 해주셔서 정말 감사합니다!

- 2학년 남궁윤